L'ami du défunt

Du même auteur,
chez le même éditeur

Le Pingouin, 2000
(et « Piccolo » n° 118)

Le Caméléon, 2001
(et « Piccolo » n° 89)

Les Pingouins n'ont jamais froid, 2004
(et « Piccolo » n° 119)

Le Dernier Amour du président, 2005
(et « Piccolo » n° 112)

Truite à la slave, 2005
(« Piccolo » inédit n° 96)

Laitier de nuit, 2010
(et « Piccolo » n° 133)

Le Jardinier d'Otchakov, 2012
(et « Piccolo » n° 99)

Journal de Maïdan, 2014
(et « Piccolo » n° 189)

Le Concert posthume de Jimi Hendrix, 2015
(et « Piccolo » n° 125)

Vilnius, Paris, Londres, 2018
(et « Piccolo » n° 159)

Les Abeilles grises, 2022
(et « Piccolo » n° 183)

L'Oreille de Kiev, 2022
(et « Piccolo » n° 186)

Le Cœur de Kiev, 2023
(et « Piccolo » n° 198)

Andreï Kourkov

L'ami du défunt

Traduit du russe (Ukraine)
par Christine Zeytounian-Beloüs

LIANA LEVI *piccolo*

Titre original : *Milyï drug, tovarichtch pokoïnika*

Première publication en 1996 par Alterpress, Kiev

ISBN : 979-10-349-1072-4

www.lianalevi.fr

1

Fumer m'aurait aidé ; après chaque petite scène de ménage – pratiquement imperceptible et indéchiffrable pour un observateur extérieur – j'aurais grillé plusieurs cigarettes, et la fumée chargée de nicotine, à défaut de conférer un sens et un parfum à ma vie, aurait servi de palliatif et, tel un encens brûlé à ma propre gloire, m'aurait permis de conserver une certaine joie de vivre. Mais devenir fumeur à trente ans me semblait puéril et stupide.

La pluie ne se décide toujours pas à tomber. Le soir avance à grands pas. Ma femme s'est enfermée dans la salle de bains. En soi, ça n'a rien d'extraordinaire. Moi aussi il m'arrive de pousser le verrou quand je prends un bain. Cependant, cette pudibonderie déplacée est un symptôme de notre éloignement mutuel. Le soir, nous nous déshabillons dans le noir ; nous avons honte de notre nudité qui nous rend vulnérables. Ma femme vous dirait la même chose. C'est un sujet que nous évitons d'aborder, les mots s'étant révélés impuissants à redresser la situation.

C'est l'automne, saison où la chaleur s'éloigne, où l'on tente de la conserver au nom de l'hiver à venir, histoire de ne pas mourir gelé. On calfeutre fenêtres et portes, et l'on pense tout naturellement à restaurer ou à renforcer son confort matériel et spirituel. Mais pour nous, septembre ne représente plus rien. Nous nous taisons, ne communiquant que par interjections. Chacun se prépare son café et ses œufs sur le plat.

Il est temps d'en finir. Nulle part où fuir ; pas moyen de séparer notre studio en deux.

Chaque fois que je regarde par la fenêtre de notre septième étage, l'image d'un plongeoir de piscine surgit dans mon esprit. J'aime plonger. Mais l'impulsion reste insuffisante. Je n'ai pas la fibre suicidaire. Hors du champ de mon propre quotidien, la vie me plaît. Parfois, le soir, en remontant le Krechtchatik[1], je sens mon cœur frémir légèrement lorsque j'essaye de distinguer les visages des filles qui guettent le client sur les bancs ou près de la fontaine devant le cinéma de l'Amitié. Dans la pénombre de l'éclairage urbain, elles paraissent attirantes, telles ces illustrations aguicheuses dont le regard crayonné capte l'acheteur potentiel sur les couvertures des romans à sensation. Je m'imagine facilement devenir leur client ou même leur ami. Mais l'imagination ne suffit pas. Il me manque le courage, l'argent et la liberté nécessaires.

Cependant, ces premières messagères descendues de l'écran du rêve américain laissaient espérer que d'autres douceurs de la société de consommation envahiraient bientôt les rues de

1. Principale avenue de Kiev.

Kiev et m'emporteraient dans leur tourbillon qui prendrait peu à peu la place d'une existence dont chaque élément, chaque détail, portait l'empreinte de ma lassitude.

2

Au temps de mes études à l'institut des langues, je cultivais les amitiés étrangères. Ces contacts contribuaient à approfondir mes connaissances linguistiques et m'enseignaient une façon inédite de percevoir la vie. Les étrangers étaient si différents de nous qu'ils semblaient appartenir à une autre espèce. Avec un autre univers intérieur. Une autre enfance, d'autres jeux. Et justement, ils m'avaient parlé d'un jeu qui depuis des générations captivait des enfants ignorants de la réalité soviétique. Il s'agissait de constituer une chaîne de relations aboutissant, par exemple, à la reine d'Angleterre ou à Margaret Thatcher – alors à la une de l'actualité. Pratiquement n'importe qui pouvait y parvenir en trois ou quatre étapes. Le principe était d'une simplicité évangélique : je connais x qui connaît y qui connaît z qui connaît personnellement le Premier ministre britannique. J'avais essayé de reproduire ce schéma pour aboutir à Brejnev ou à Chtcherbitski[1], sans

1. Chtcherbitski Vladimir : premier secrétaire du comité central du Parti communiste de la république d'Ukraine de 1972 à 1989.

même réussir à m'en rapprocher. Chez nous, ça ne marchait pas. Or aujourd'hui, soudain, sans doute à cause du tragique de ma situation, je venais de deviner la méthode à suivre pour adapter ce jeu à nos latitudes. Il fallait passer par un tueur[1].

Les tueurs professionnels sont nombreux, ils sont parmi nous et certains ne prennent même pas la peine de dissimuler la nature de leurs activités. Il y a dix ans, je connaissais au moins deux meurtriers ayant purgé leur peine : des types normaux, communicatifs et même disposés à me venir en aide. À l'époque, il est vrai, ceux qui trucidaient leurs semblables étaient davantage enclins au romantisme. Aujourd'hui, tout repose sur l'argent, et l'assassinat est devenu pour certains un métier bien rémunéré. On a même introduit un mot nouveau issu de l'anglais : les tueurs à gages sont désormais appelés « killers ». Ça fait penser à cette habitude américaine de rebaptiser les métiers les moins cotés, le balayeur de rues devenant par exemple ingénieur en entretien sanitaire du paysage urbain. Sauf qu'aux États-Unis, il s'agit de flatter l'ego des balayeurs, tandis que chez nous, ce sont les meurtriers hautement qualifiés travaillant uniquement sur commande qui ont droit au titre de killer. Les meurtriers à l'ancienne, qui tuent par jalousie ou sous l'empire de l'alcool n'ont pas changé d'étiquette. Ce sont

1. L'auteur fait allusion au fait que dans les pays ex-soviétiques, tous les gens importants ont dans leur carnet d'adresses le nom d'un tueur, et vice-versa…

eux qu'on traque et qu'on jette en prison, alors que les killers sont des oiseaux de haut vol, insaisissables et invisibles.

Ces réflexions me guidaient vers une idée qui tambourinait depuis longtemps à la porte de mon cerveau. Je cherchais une issue à l'impasse de mon existence. Mais je la cherchais surtout dans mon imagination. Et voilà que l'issue apparaissait clairement, qui permettrait de sortir non seulement de ma situation mais de la vie tout court. J'avais trop d'amour-propre pour faire un bon suicidé, mais le rôle de victime m'irait comme un gant. Un bel exemple d'injustice du destin, un homme intelligent dans la fleur de sa force et de ses capacités, assassiné par un tueur à gages ! La perspective de devenir la cible d'un meurtre commandité avait de quoi me flatter. Je me figurais la perplexité de mes amis. Ils se diraient qu'ils ne me connaissaient pas vraiment, car celui qu'ils connaissaient, avec qui ils buvaient du vin ou prenaient le café n'avait vraiment pas le profil pour finir de cette manière. Je les imaginais sur la sellette, objets d'interrogatoires serrés : « Il avait des ennemis ? », « Quelles étaient ses activités ? », « Qui aurait eu avantage à le voir disparaître ? », etc. Restait à trouver un tueur à gages abordable et la somme adéquate, et mon crime parfait prendrait place dans la liste des énigmes policières. J'avais envie de mettre fin en beauté à une existence absurde et insignifiante. Et puis, les crimes mystérieux ont cela de bien qu'on les mentionne souvent dans les journaux et les livres, détails et nom de la victime à l'appui : je tenais là une chance de demeurer dans la mémoire populaire, sinon pour des siècles du moins pour quelque temps.

3

L'automne était en retard. Ou peut-être manquait-il de moyens pour s'offrir du rouge et du jaune, reflétant la triste situation financière du pays. Le temps s'était refroidi, il est vrai, et sur le soir il pleuvait un peu. Mais nous n'avions pas droit au grand spectacle du dépérissement de la nature. Les gens, en revanche, dépérissaient à vue d'œil, et ma propre image dans le miroir s'étiolait de jour en jour. Des amis m'appelaient pour me parler de leurs ennuis. Quant à moi, je me taisais, mûrissant en secret mon lumineux projet.

Ma femme rentrait de plus en plus tard, parfois après minuit. Elle se déshabillait dans le noir et se couchait sur notre canapé-lit sous sa propre couverture. Son apparition me réveillait et me mettait les nerfs en pelote. Lorsqu'elle ne me réveillait pas, ça m'irritait encore plus. Il n'émanait d'elle aucune chaleur, et la seule idée d'une femme qui n'apporte pas de chaleur me mettait en colère, surtout qu'il s'agissait de ma femme.

Le mercredi soir, j'ai décidé de m'attarder en ville. J'avais un peu d'argent et une idée assez précise de ce que je voulais en faire. En bref, j'avais décidé de boire un coup. Pas tout seul, au moins à deux. Le chiffre trois aurait été plus judicieux et conforme à nos sacro-saintes traditions, sauf qu'en matière de beuverie, je n'aimais pas les compagnons de hasard. Sur le coup de sept heures, je me suis retrouvé place des Contrats où mon ancien copain de classe Dima Smorodine travaillait dans une petite boutique privée. Nous ne nous étions pas revus depuis notre scolarité ; quelques jours plus tôt, je l'avais reconnu à travers la vitrine, mais il ne m'avait pas remarqué, occupé avec des clients. Il serait sans doute heureux de me revoir ; nous nous entendions bien dans le temps et rien n'unit tant les gens qu'un passé commun, que ce soit à l'école ou en prison.

Dès que je suis entré dans sa boutique en affichant un air pensif, il m'a interpellé par mon nom. Continuant à servir les acheteurs, il m'a posé une masse de questions sur nos anciens camarades. Au cours de ces années, je n'en avais croisé que cinq ou six, généralement dans les transports et je n'avais pas grand-chose à lui raconter.

– Attends une demi-heure, m'a-t-il proposé. Le patron viendra prendre la recette, ensuite je fermerai et nous pourrons bavarder.

J'ai accepté avec joie. Mais je n'avais pas envie de faire le pied de grue dans la boutique et je suis sorti me promener sur le Podol[1].

Les lampadaires, les néons et les enseignes lumineuses des cafés et des restaurants affublés de noms stupides dissipaient la pénombre du soir. Quittant la lumière des réclames, je me suis

1. Quartier de la ville basse.

installé sur un banc près de la statue de Grigori Skovoroda[1], le premier bouddhiste ukrainien. Sur les bancs voisins, profitant de l'absence d'éclairage, s'embrassaient des silhouettes heureuses. J'étais le seul à n'embrasser personne, et je me suis senti frustré. J'étais pourtant encore jeune, ni laid, ni obèse. On pouvait considérer que j'avais un physique attirant. Bien sûr, ce n'était pas moi qui étais en cause. Pas une seule femme ne risquait de m'aborder la première pour me demander : « Vous permettez que je vous embrasse ? » Que m'était-il arrivé ? Cinq ans plus tôt, j'avais encore coutume de choquer les filles avec ce genre de questions. Et maintenant ?

Lorsque je suis retourné à la boutique, il n'y avait plus de clients.

– Tout est en ordre, a déclaré Dima. La recette est partie. Je peux fermer.

Il a baissé les rideaux, verrouillé la lourde porte blindée, et nous nous sommes retrouvés coupés du monde, comme enfermés dans la cabine d'un vaisseau spatial, plus occidental que post-soviétique à en juger par les bouteilles, boîtes de conserve et autres denrées disposées sur les étagères.

Dima m'a fait asseoir à la table de plastique blanc et s'est dirigé vers les rayonnages.

– Que veux-tu boire ?

« Offert par la maison ? » ai-je aussitôt pensé.

---

1. Grigori Skovoroda (1722-1794) : philosophe (chrétien) ukrainien qui passa une bonne partie de sa vie à errer sur les routes.

– Ne te gêne pas, a ajouté Dima, c'est moi qui régale. J'ai une prime de deux bouteilles par jour, et si je veux en prendre plus, j'ai droit à une ristourne.

– Alors ce sera du whisky.

Nous avons bu le whisky dans de petits verres à vodka en cristal, provisoirement retirés de la vente.

– Ça fait trois ans que je n'ai pas revu Jenia Dolgy, a dit Dima. Il était boucher au supermarché près de l'Opéra. Tcheremis est parti à Volgograd. Ces dernières années, il avait commencé à perdre ses cheveux.

– Moi, j'ai rencontré Galia Kolesnitchenko dans le quartier il y a quelque temps...

Après avoir fini le whisky, nous avons décidé de prendre du gin.

– En principe, ça se boit avec du tonic, a remarqué Dima en ouvrant la bouteille, mais il ne m'en reste plus. Ce n'est pas grave ; seul, c'est bon aussi. Tu te souviens de Melnitchouk, de la classe B ?

– Oui.

– Il y a deux ans, on l'a condamné à mort, mais sa peine a été commuée en quinze ans de réclusion.

– Qu'est-ce qu'il a fait ?

– Un commerçant lui devait cinq mille dollars, alors il a jeté une grenade dans son appartement pendant la journée, histoire de lui faire peur, sauf que la belle-mère et le gosse du type étaient là. Deux cadavres...

– Oui... c'est vraiment moche.

La conversation a obliqué sur les crimes et autres horreurs dont l'actualité regorgeait. Le genre de thème qui donne soif et met en appétit. Nous avons ouvert un bocal d'olives de Chypre et une boîte de crabe du Kamtchatka. Le visage rond de Dima était rouge, ses yeux brillaient. Je suppose que l'alcool me faisait le même effet. En passant, nous avons aussi parlé argent. Dima avait un revenu de trois cents dollars – le mot « salaire » était tombé en désuétude – plus une prime en marchandises qu'il buvait et mangeait généralement avec des copains. Quant à moi, hélas, je n'avais pas de quoi me vanter sur le plan matériel.

– Mon patron se fait cinq ou six mille dollars par mois, a raconté Dima, il a cinq autres boutiques sur le Podol et un bureau de change. Mais je ne l'envie pas…

– Dis-moi, sais-tu combien gagne un killer ?

– Tu ne lis donc pas les journaux ? Ça varie suivant l'importance de la cible, cinq à dix mille dollars par client.

– Et si le client n'est pas important ?

– Qui voudrait supprimer un type ordinaire ?

– Par exemple un mari qui aimerait se débarrasser de l'amant de sa femme…

Dima est resté silencieux quelques instants puis il a haussé les épaules.

– C'est un boulot facile. Les amants n'ont pas de garde du corps… Je suppose que ça ne doit pas coûter très cher. Dans les cinq cents dollars… Mais un professionnel sérieux refusera ce genre de contrat. En tout cas ceux que je connais…

J'ai poussé un soupir et j'ai rempli les verres. Il restait encore un fond dans la bouteille. L'alcool circulait déjà activement dans mes veines et mes artères, mais je me sentais parfaitement lucide.

– Ta femme a un amant ? a demandé Dima.

J'ai répondu par l'affirmative, plutôt par automatisme que pour confirmer sa supposition. En principe, il aurait été stupide de ma part d'en douter.

– J'en suis certain.

Dima a baissé la voix :

– Je connais un gars… Pratiquement un pro. Si tu veux, je peux lui demander conseil… C'est un type bien. Pour les amis, il ne prend pas d'avance. Tu as de quoi payer ?

J'ai soupiré.

– Côté finances, ça ne va pas fort en ce moment.

– Je peux te dépanner. C'est une affaire sérieuse. Il s'agit de sauver ton ménage. Tu veux que je lui en parle ?

– Oui.

Et j'ai hoché énergiquement la tête pour confirmer.

4

Deux soirs plus tard, je suis passé dans la boutique de Dima. Pas l'ombre d'un client. Le brouillard humide qui imbibait le Podol depuis le matin, se déversant de temps à autre en bruine, confinait les gens chez eux. Dima, assis dans l'aquarium éclairé de sa vitrine, lisait un livre.

– Salut, ai-je dit en franchissant la porte ouverte. Qu'est-ce que tu lis ?

– Que peut-on lire par un temps pareil ? Chase, bien sûr. Comment vas-tu ? Tu veux te réchauffer un brin ?

J'ai fait signe que oui.

Il a sorti une bouteille entamée de Keglevitch au citron et deux verres en cristal que nous avons vidés aussitôt. La vodka est descendue en souplesse, comme de la limonade.

– C'est de la vodka pour dames, a expliqué Dima en remarquant mon expression. Attends, je vais fermer et on pourra causer.

Il a verrouillé la porte et baissé les rideaux.

– Tout est O.K., a-t-il annoncé en s'asseyant. Il vient d'avoir un gosse et il ne veut pas de contrats sérieux pour le moment... Alors l'amant de ta femme tombe à point nommé.

– Il prend combien ?

– Il a réclamé sept cents dollars, mais j'ai marchandé… Et j'ai promis que tu te chargerais des préliminaires.

– Quels préliminaires ?

– Ben, il lui faut des tuyaux : les endroits où on peut le trouver et quand. Et aussi une photo.

J'ai brusquement pris conscience que j'étais en train de penser à l'amant de ma femme, personnage abstrait que je n'avais jamais vu. « Mon Dieu, me suis-je exclamé intérieurement. Ce n'est pas de lui mais de moi qu'il est question, de ma photo, des endroits où j'ai l'habitude de me rendre ! » Mettant la lenteur de ma pensée sur le compte du mauvais temps et de la « vodka pour dames », j'ai repris mon rôle dans le jeu que j'avais inventé.

– Eh bien ? a demandé Dima.

– Pour les tuyaux ?

– Oui.

– C'est d'accord. Et je lui donnerai une photo. Combien veut-il, finalement ?

– Quatre cent cinquante. On s'est d'abord entendus pour cinq cents, mais j'ai senti que je pouvais le faire baisser encore un peu. Tu me dois une bouteille.

– Quand pourrai-je le rencontrer ?

– Tu es fou ? Pourquoi veux-tu le rencontrer ? Il te téléphonera demain soir ; quant au reste, tu le lui feras passer d'une manière ou d'une autre.

Après cette conversation, il était difficile de parler d'autre chose. Nous avons passé une demi-heure ensemble, remplissant les pauses entre les verres avec des histoires drôles.

Lorsque je suis rentré, ma femme n'était pas là. Je me suis fait du thé. J'ai regardé l'heure : déjà plus de minuit. Seuls quelques appartements étaient encore éclairés dans l'immeuble d'en face. Dehors, l'humidité régnait en maître. L'asphalte brillait sous les taches jaunes des lampadaires. J'ai ouvert la fenêtre pour respirer un peu d'air frais et observer la rue déserte. Au bout de cinq minutes environ, une vieille voiture rouge de marque étrangère s'est arrêtée devant notre immeuble. Ma femme en est sortie avec un type. J'ai eu peur qu'ils n'entrent tous les deux. Ils se sont embrassés sous le lampadaire, ma femme a pénétré dans le hall, le type est remonté dans sa voiture et il est parti.

« Voilà, me suis-je dit sans détacher mon regard de la rue. C'est à lui que je pensais au début de ma conversation avec Dima. À sa photo. Et si je le faisais tuer à ma place ? Mais ça n'aurait rien d'original. Une banale crise de jalousie. Qui plus est totalement injustifiée : il y a longtemps que je n'aime plus ma femme et qu'elle me le rend bien. Non, qu'il vive donc. Qu'ils vivent tous les deux, je leur souhaite tout le bonheur du monde. Sauf que mon meurtre commandité aura certainement des répercussions sur leur vie, sans qu'on puisse encore prévoir lesquelles. »

La clé a tourné dans la serrure.

– Tu ne dors pas ? a demandé ma femme avec indifférence, bien qu'avec une certaine dose d'étonnement.

– Je buvais du thé en regardant par la fenêtre, ai-je répliqué.

Sans répondre, elle s'est retirée dans la chambre.
J'ai attendu qu'elle éteigne, puis je suis allé me coucher à mon tour.

5

L'ami de Dima m'a téléphoné le lendemain. Il m'a dit s'appeler Kostia. Il m'a donné deux jours pour la photo et « les tuyaux » et a promis de rappeler.

Le matin suivant, j'ai sorti la boîte à chaussures où je gardais mes photographies, depuis les traditionnels bébés nus, dans un parfait désordre chronologique. Les plus récentes avaient été prises quinze ans auparavant, dans un bruyant groupe de jeunes. Par la suite, les gens avaient visiblement cessé de s'intéresser à ma personne ou peut-être mes amis avaient-ils simplement perdu tout intérêt pour la photo. J'ai mis de côté deux portraits en gros plan. L'un pris au parc de Pouchtcha-Voditsa, où je tenais une bouteille de vin blanc et l'autre à un pique-nique à Sviatochino, devant un feu de bois noir et blanc. Mais en me regardant dans le miroir, j'ai compris que je devais fournir ces photos uniquement si je ne voulais pas être reconnu ni retrouvé. Que faire ? J'avais bien huit photos d'identité de trois centimètres sur quatre prises il y a trois ans dans l'espoir chimérique de suivre des leçons de conduite et de passer mon permis, mais je les avais fourrées je ne sais où.

J'ai bu une tasse de café instantané, j'ai remis les photos dans la boîte et je me suis rendu dans la boutique de photographie la plus proche.

Le vieux photographe m'a longtemps cassé les oreilles avec ses remarques concernant mon menton.

– Vous voulez être beau, oui ou non ? Autrement, à quoi bon se faire photographier ? s'est-il exclamé quand j'ai fait mine de protester.

Enfin, il a actionné le déclic de son appareil monté sur trépied et m'a dit de passer dans trois jours.

– S'il vous plaît, ai-je supplié, il me les faut absolument pour demain.

Il a haussé les épaules.

– C'est vraiment urgent ?

– Oh oui, très.

– Bon, passez demain après-midi. Vous me devrez un petit quelque chose pour l'urgence. Je ne vous demande pas un supplément en argent. L'argent n'a plus guère de valeur de nos jours.

Au lieu de rentrer, je me suis dirigé vers l'arrêt du tram avec l'intention de me promener un peu dans le centre. Y traînasser, comme j'avais traînassé tout le long de mon existence. Sans but, sans hâte, en entrant dans les cafés pour voir si je n'y croiserais pas des connaissances.

Sur le Krechtchatik, j'ai compris la raison inconsciente de cette flânerie : il s'agissait de préparer « des tuyaux » pour Kostia. Lui dire où et quand il pourrait dénicher son futur client. Cependant, déterminer mes cafés préférés pour ensuite les fréquenter assidûment l'un après l'autre dans l'attente d'une balle dans le dos ou dans la nuque ne constituait pas une occupation très agréable. Je n'étais pas masochiste et il me fallait étudier une autre variante.

Je suis monté jusqu'à la rue Grande Jitomirskaïa pour me rendre dans un petit bar en sous-sol, à côté de la boulangerie. Il était sombre et désert.

J'ai pris un café et je me suis mis à réfléchir. Après la troisième tasse, mes pensées se sont rangées en ordre de bataille et ont pris d'assaut le problème, au point que je me suis senti fier de les avoir sorties de mon crâne. Les meilleures idées sont souvent les plus simples. Mon soulagement a atténué l'action de la caféine et je me suis senti presque détendu.

Il me suffisait de choisir un seul établissement où je souhaitais être tué et l'heure de cet événement crucial. Certes, abattre quelqu'un dans un lieu public n'est pas une mince affaire. Et disparaître ensuite sans être remarqué est encore plus difficile. Mais ça, ce ne serait plus mon problème. Si Kostia était un pro, il n'avait qu'à le prouver. D'un autre côté, si on l'arrêtait pour apprendre que le meurtre avait été commandité par un mari jaloux, ma réputation post-mortem serait fortement compromise et ma mort deviendrait plus anecdotique que tragique. Non, je devais lui offrir les conditions nécessaires pour passer inaperçu. Pour qu'on ne le retrouve pas et qu'on ne découvre jamais la raison de son geste. Afin de réfléchir à ces conditions, il me fallait une autre tasse de café.

Je suis retourné au comptoir.

– Encore un double ? a demandé la serveuse.

– Non, un simple.

J'ai bu mon café avec deux sucres au lieu d'un seul et j'ai continué à méditer, plus exactement à dresser mentalement la liste des bars que je connaissais, me demandant lequel était le moins fréquenté le soir. La cave où je me trouvais abritait rarement plus de deux ou trois clients à l'heure de la fermeture, mais les marches étaient tellement escarpées qu'on risquait de se rompre le cou en prenant la fuite.

Voilà que je me souciais de la santé de mon futur meurtrier que je n'avais jamais vu et n'étais même pas sûr de voir avant d'expirer.

6

Le vieux photographe a tenu parole. Et la photo n'était vraiment pas mal, je ressemblais à un acteur de cinéma. Un sourire à peine perceptible me donnait un air un peu mystérieux et mon regard pétillait d'intelligence.

Dehors, il pleuvait. Assis dans ma cuisine, je savourais ma solitude en buvant une infusion de baies d'églantier, songeant à la surprise que je préparais pour ma femme. Sans penser au fait que notre relation ou plutôt notre absence de relation avait franchi une nouvelle étape : la nuit dernière, elle avait découché ; elle était seulement passée le matin en coup de vent pour prendre quelque chose ou peut-être se changer. Il était tôt et je dormais encore, je l'avais à peine entraperçue.

Son absence était un vrai cadeau. La pluie m'aurait paru moins romantique si elle s'était trouvée dans l'appartement. Il est des gens dont l'absence est source de joie et même de félicité. Malheur à celui dont la femme entre dans cette catégorie.

La sonnerie du téléphone n'a pas troublé l'atmosphère douillette de cette soirée. C'était Kostia.

Il m'a demandé de déposer l'enveloppe avec la photo et « les tuyaux » dans la boîte postale numéro trois cent trente et un du bureau de poste numéro vingt-cinq qui se trouvait sur la butte Saint-Vladimir, non loin de la collégiale Saint-André.

Après cette conversation, je me suis brusquement senti épuisé. J'avais sommeil. La pluie empruntait les accents d'une berceuse. Avant d'aller dormir, je me suis forcé à prendre un calendrier et une feuille de papier et j'ai choisi la date de mon assassinat : le jeudi suivant. J'éprouvais des sentiments très particuliers pour ce jour de la semaine. Un jeudi, j'avais fait la connaissance d'une jeune fille que j'avais aussitôt invitée dans un café. Cela se passait sur le Podol et, durant une année qui fut très heureuse, nous avions appelé ce café le « café du jeudi ». Il se situait à trois minutes de marche de la place des Contrats. Sur la ligne de tram qui menait au port fluvial. Un café dépourvu de nom, tristounet, mal éclairé, comportant deux petites salles. Évidemment, j'aurais pu choisir un « lieu du crime » plus sympathique ou plus select…

Sur la feuille, j'ai écrit : « jeudi 12 octobre, 18 h 00, le café de la rue Bratskaïa, près de l'arrêt du tramway 31, direction place de la Poste ». Je l'ai glissée dans une enveloppe avec ma photo et je suis allé me coucher avec le sentiment du devoir accompli.

7
Mardi

Au matin, je me suis rendu au bureau de poste indiqué et j'ai déposé l'enveloppe dans la boîte postale numéro trois cent trente et un.

Il me restait deux jours et demi à vivre et je me demandais ce que j'allais faire dans cet intervalle tellement réduit qu'on pouvait sans trop de difficultés le mesurer en secondes.

Je n'avais pas envie de rentrer. Le temps s'était mis, sans doute très provisoirement, au beau : feuilles enfin vêtues de rouge et d'or, fraîcheur vivifiante, absence de vent et ciel d'azur. Un automne presque paradisiaque.

J'ai suivi la descente Saint-André en direction du Podol. Les galeries et les boutiques étaient en train d'ouvrir. Le bruit le plus sonore était celui de mes semelles en plastique à bon marché battant le pavé.

Marchant au hasard, j'ai fini par me retrouver rue Bratskaïa devant mon « café du jeudi ». Il était ouvert. Un garçon à l'air estudiantin installé dans un coin buvait ce qui était sans doute son premier espresso de la journée. J'en ai pris un moi aussi et je me suis assis dans l'angle opposé. Aussitôt, j'ai entrepris de réfléchir aux heures et aux minutes qui me restaient à vivre. J'ai senti le besoin de dresser un plan précis ou du moins une liste de choses à faire, avec l'intention, pour une fois, d'en accomplir au moins la moitié. Mais je n'avais pas de papier, seulement un stylo.

J'ai remarqué que l'étudiant avait une mallette.

– Excusez-moi, lui ai-je demandé, auriez-vous une feuille de papier?

Il a sorti un cahier de brouillon et en a arraché une page qu'il m'a tendue.

J'ai posé la feuille devant moi en rassemblant mes pensées, tandis qu'il continuait à farfouiller parmi ses livres et ses notes.

« Mardi 10 octobre », ai-je écrit. Puis j'ai regardé ma montre. Il était dix heures et demie.

Qu'allais-je faire aujourd'hui? Maintenant? Ce matin me paraissait superflu. D'ailleurs, en songeant aux amis que je souhaitais revoir, j'ai soudain compris que ce désir résultait d'un accès de sentimentalisme idiot. À quoi bon? Pour leur dire adieu? J'étais censé ignorer ma mort prochaine. Et les rencontrer pour bavarder comme d'habitude de choses et d'autres m'ennuyait par avance. Et si j'appelais Nina, la femme que j'avais presque abandonnée avant mon mariage? Il est vrai qu'à l'époque nous étions déjà davantage amis qu'amants, cultivant une passion en voie d'extinction que ni elle ni moi ne voulions oublier et qui, sans doute pour cette raison, se réveillait parfois, nous jetant dans les bras l'un de l'autre. Après quoi nous discutions calmement de la nature étrange de nos relations, nous promettant de n'être plus que des camarades. Mais tout recommençait. Les derniers temps, nous avions cessé de nous voir, nous téléphonant de plus en plus rarement. Jusqu'au jour où je l'avais aperçue par hasard, enlacée avec un bel homme sûr de lui. Ils sortaient du restaurant hongrois Bon-Bon. J'avais compris alors qu'une période de ma vie venait de prendre fin. Aussitôt, je m'étais senti soulagé. Soulagé pour elle. Et j'avais cessé de l'appeler, me disant qu'elle n'en avait pas besoin. Elle ne m'avait plus contacté non plus.

« Appeler Nina », ai-je noté. Et j'ai repris une gorgée de café.

La blancheur de la feuille m'irritait. Mes envies, ma soudaine pingrerie vis-à-vis du temps avaient perdu tout leur sens. Quelles rencontres ? Quels coups de téléphone ? Personne n'avait besoin de moi et je n'avais besoin de personne. C'était tellement flagrant que j'en ai eu des frissons dans le dos. L'évidence de mon inutilité en ce monde m'a aiguillé vers des pensées positives : la décision que j'avais prise était la bonne. J'ai commandé un autre café pour envisager froidement la situation. Et j'ai rayé l'appel à Nina, qui n'avait aucun sens. Désormais, j'étais totalement libre et je pouvais consacrer le temps qui me restait à ma propre personne.

L'étudiant est parti et je suis resté seul. La barmaid était dans l'arrière-salle. Le café était plongé dans la pénombre, malgré le soleil qui brillait dehors, superflu en cette période de l'année. Bien sûr des millions de personnes se réjouissaient de son éclat. Les gens ont l'habitude d'apprécier les choses inutiles. Je ne fais pas exception à la règle.

Jeudi soir, je me mettrais près de l'entrée. Pour plus de facilité.

8
Mercredi

Mercredi matin, le brouillard bouillonnait à ma fenêtre. À peine levé, j'ai regardé dehors. Après quoi, j'ai tourné la tête pour constater que ma femme avait encore découché. Ce qui expliquait mon énergie au réveil. Il me fallait remplir cette ultime journée. Je n'avais guère envie d'errer dans le brouillard. Mais il allait sans doute se dissiper bientôt.

J'ai mis la bouilloire sur le feu et je me suis assis devant la table de la cuisine.

« Voilà, ma vie prend fin. » J'ai perçu une sorte de vieillesse factice dans mon intonation, à croire que chaque jour qui me rapprochait du jeudi fatidique me rendait de plus en plus désespérément malade.

Prendre le thé avec du brouillard à la fenêtre évoquait quelque sanatorium scandinave hors de prix pour malades incurables. Sans doute était-ce là un souvenir de Bergman émergeant par association.

Cette année, la neige tomberait sans moi.

Et si elle ne tombait pas ? Si je ratais un hiver exceptionnel, sans neige ? Ce ne serait d'ailleurs pas une grande perte. Les services municipaux feraient des économies.

Mes pensées étaient petites, mesquines. Rien de sublime, rien de philosophique. À croire que j'avais toujours été un individu insignifiant, superficiel. Que la seule chose susceptible de m'élever, sinon à mes propres yeux, du moins à ceux des autres, était une mort violente. Idée passablement niaise. Sans doute un sommeil profond et un réveil paisible suivis de la contemplation d'un brouillard immaculé ont-ils pour effet de rendre bête ou en tout cas de faire naître des pensées banales.

Ce serait peut-être une bonne idée en ce dernier jour d'écrire quelques lettres à des amis perdus de vue. Où j'évoquerais mes plans d'avenir.

Histoire de ne plus penser à jeudi et d'ajouter du tragique au vendredi qui suivrait.

Sans finir mon thé, je suis allé prendre de quoi écrire.

J'ai commencé par une jeune divorcée de Moscou, rencontrée pendant des vacances en Crimée, avec qui j'avais par la suite échangé quelques lettres chaleureuses.

> *Chère Tania,*
>
> *Excuse-moi d'être resté longtemps sans t'écrire. Depuis deux ans, ma vie est peu à peu partie à vau-l'eau et, finalement, elle s'est totalement désagrégée. Désormais, je n'ai ni travail ni famille. Me voici parvenu au point zéro, et tous les chemins s'ouvrent à nouveau devant moi. Quand*

on est jeune, on trouve toujours à se caser. Je commencerai à réfléchir à l'avenir dans quelques jours, pour l'instant je pleure le passé. Cependant, ce sont des larmes de crocodile, sans doute inspirées par les traditions orthodoxes profondément ancrées dans nos gènes. Je pense effectuer un voyage à Moscou lorsque cette période de deuil sera révolue. Je serai très heureux de te revoir en cette occasion, d'évoquer le passé et notre bande de copains. Si tu en as le temps et l'envie, envoie-moi quelques lignes. L'adresse est sur l'enveloppe.

Je t'embrasse

J'ai écrit cette lettre avec énormément de facilité, d'un seul jet. Je me sentais prêt à en pondre encore une dizaine avant que le brouillard ne se dissipe, mais je me suis arrêté à temps.

Le téléphone s'est mis à sonner.

C'était ma femme. Elle m'a sèchement annoncé qu'elle viendrait en voiture avec un collègue pour récupérer ses affaires.

– Ton collègue, c'est celui qui a une voiture rouge ? lui ai-je demandé.

Elle a raccroché.

N'éprouvant aucune envie de rencontrer ma femme et son « collègue », je me suis habillé rapidement et je suis sorti.

La purée de pois tenait encore lieu d'air. Des voitures prudentes rampaient sur la chaussée, tâtant la route de leurs phares jaunes. Les gens aussi progressaient de façon bizarre, surgissant de nulle part pour se dissoudre aussitôt dans le blanc. Ce mercredi débutait sur le mode mystique, comme si un autre monde était sur le point d'émerger des brumes, un monde parfait où pourraient se réfugier ceux qui n'avaient pas trouvé leur place dans le nôtre.

Je me dirigeais vers le centre-ville. J'avais envie de marcher le plus longtemps possible dans ce brouillard jusqu'à la rue Bratskaïa. Cela n'avait peut-être aucun sens, mais je me souvenais de Tcheluskine[1] et des explorateurs du Grand Nord et, vivant à une époque totalement différente, j'éprouvais parfois l'envie d'accomplir des semblants d'exploits invisibles aux yeux d'autrui. Pour mon dernier mercredi, j'avais décidé de traverser la ville dans le brouillard, d'un bout à l'autre. Pour recueillir en guise de récompense une tasse de café. L'une de mes dernières.

La traversée a duré plus de deux heures. Pour être honnête, aucun sentiment de triomphe ne m'a visité au moment d'entrer dans le café. Marcher dans le brouillard vous prive de toute notion de l'espace et donc de la possibilité d'apprécier la distance parcourue.

L'intérieur était faiblement éclairé. Je me suis assis dans un coin à ma table préférée. Apparemment, j'étais le premier client de la journée.

La barmaid, cachée derrière la machine à espresso de fabrication hongroise, lisait un livre.

1. Semion Tcheluskine (1700?-1764) : explorateur de la côte septentrionale de la Sibérie. Découvreur de la presqu'île de Taïmyr.

Elle ne s'est arrachée que quelques instants à sa lecture pour me servir.

Une jeune fille est entrée, en casquette de cuir et blouson de cuir gris sombre de type « aviateur ». Elle portait un grand carton à dessin sous le bras et un petit sac à dos sur l'épaule. Elle a commandé un café et s'est assise de l'autre côté de la salle.

J'avais très envie de lier connaissance, mais elle paraissait plongée dans ses réflexions et je ne me suis pas décidé à lui adresser la parole.

J'ai fini ma tasse et je suis sorti. Mes sensations n'étaient certes pas aussi naïves et touchantes que celles du *Hérisson dans le brouillard*[1], mais je marchais d'un pas allègre et mes pensées s'agitaient dans ma tête au rythme de mon pas. Tout indiquait que ma dernière journée en ce monde serait la plus ennuyeuse de ma vie, mais cela ne m'affectait plus.

---

1. Dessin animé de Youri Norstein.

9
Jeudi

Mercredi soir, le brouillard s'est légèrement dissipé. Lorsque je suis rentré chez moi, mon humeur s'est améliorée. J'ai noté l'absence d'une foule d'objets et de bibelots. Ma femme avait fait le ménage derrière elle : le réveil à quartz avait disparu, ainsi que divers coffrets et brosses à cheveux. Dans l'ensemble, l'appartement m'a semblé plus accueillant. J'en ai fait le tour en respirant à pleins poumons.

La nuit, j'ai fait des rêves multicolores dont je n'ai gardé aucun souvenir, mais la sensation de couleur était si intense qu'au matin j'ai éprouvé l'envie de refermer les yeux pour rêver encore.

Mais il fallait que je me prépare.

J'ai pris un bain, je me suis rasé, j'ai repassé mes vêtements. À croire que je m'apprêtais à être le témoin d'un mariage.

Le soir est arrivé très vite. Si tant est que quatre heures de l'après-midi puissent être qualifiées de « soir ».

Il me restait deux heures à vivre, mais je n'avais nul besoin de me presser pour régler des affaires superflues ou inexistantes. Je ressentais une sorte d'exaltation : je pouvais enfin croire en moi-même, en ma capacité à prendre des décisions et à faire preuve de sang-froid. Sans doute n'était-ce pas un mobile suffisant pour organiser cette mini-tragédie, mais je ne l'avais pas conçue pour tester mes capacités, je me réjouissais simplement de me montrer à la hauteur de la situation.

Avant de sortir, j'ai rangé dans la poche de ma veste mon passeport et la lettre que j'avais écrite. J'ai réfléchi quelques instants à ce que je pourrais emporter d'autre afin que ceux qui fouilleraient mon cadavre puissent recueillir des indices. Mais aucun objet ne m'est venu à l'esprit.

J'ai claqué la porte en partant, aussitôt confus de cette manifestation de ma nervosité inconsciente.

Dehors, il faisait sombre et froid.

En sortant du métro place des Contrats, je me suis arrêté devant la statue de Skovoroda. J'ai observé les couples sur les bancs : étrange endroit pour débuter une histoire d'amour ou une brève aventure. Peut-être l'esprit de Skovoroda hantait-il ce lieu, lui conférant une force d'attraction particulière ? Notre premier bouddhiste, ou plutôt notre premier hippie, qui avait traversé à pied toute l'Ukraine et la Russie avoisinante. Voilà quelqu'un qui aurait pu constituer un idéal aux yeux de la nouvelle jeunesse ukrainienne. Une idole pour les masses et un exemple à suivre !

Le temps passait. Pour un non-fumeur, la tradition de la dernière cigarette n'avait guère de sens, mais je tenais à mon dernier double espresso.

Un tramway m'a dépassé, déversant sa lumière jaune, aussitôt absorbée par l'asphalte. Il a tourné vers le Dniepr et la pénombre est retombée. Seules quelques fenêtres éclairaient faiblement la rue.

Il me restait un pâté d'immeubles à traverser et une demi-heure de temps.

J'ai ralenti le pas. Dix minutes, c'est suffisant pour boire un café.

Même en marchant lentement, je suis arrivé très vite.

À l'intérieur, Choufoutinski[1] chantait en sourdine. Ma place était libre. Dans la première salle, un groupe de copains buvaient de la vodka. Un couple s'enlaçait dans un coin. On entendait du bruit dans la seconde salle. J'ai pris ma tasse au comptoir et je suis allé m'asseoir. J'ai retiré ma montre et je l'ai posée devant moi. Le café était bon et bien corsé. Comme si la barmaid avait su que c'était ma dernière tasse et avait fait un effort particulier.

Plus que quinze minutes à vivre.

Mes mains tremblaient.

Deux filles sont entrées et ont commandé deux petits verres de liqueur.

– Je vous préviens, je ferme tôt aujourd'hui, leur a dit la barmaid. C'est l'anniversaire de mon fils.

J'ai regardé ma montre une nouvelle fois : six heures moins douze.

J'ai pris un autre espresso.

– Tu as les mains qui tremblent, a remarqué la barmaid. Tu t'es soûlé hier, ou quoi ?

J'ai acquiescé. Je n'avais pas envie de bavarder avec elle.

---

1. Chanteur de variétés russe émigré aux États-Unis.

– Ce n'est pas un café qu'il te faut, mais quelque chose de plus fort. Prends plutôt une Keglevitch.

– Je n'ai pas d'argent.

– Je te l'offre à crédit, a-t-elle déclaré en remplissant un verre.

Je l'ai remerciée, j'ai pris le café et la vodka et j'ai regagné ma place.

À six heures moins cinq, la barmaid a commencé à nous presser pour fermer l'établissement. Les copains ont fini leur vodka et sont partis sans protester. Plusieurs individus passablement avinés sont sortis de la deuxième salle.

Mon regard était rivé à la porte par laquelle tout le monde sortait et personne n'entrait.

– Allez, il faut que je ferme, m'a dit la barmaid en s'approchant de ma table.

J'étais le dernier.

– J'ai été gentille avec toi, a-t-elle ajouté, alors sois gentil à ton tour. Mon Vassia a dix-huit ans aujourd'hui. J'ai encore une tonne de cuisine à faire…

Sur le pas de la porte, je me suis heurté à un jeune type en blouson de cuir.

– C'est fermé, lui a crié la barmaid.

En m'éloignant, je l'ai entendu implorer :

– Juste un petit verre.

Je serrais ma montre dans mon poing. Il faisait trop sombre pour distinguer les aiguilles, mais je pressentais qu'il était six heures pile. Effectivement, les coups d'une horloge ont retenti au loin.

Je me dirigeais lentement vers la place des Contrats. Quelqu'un marchait derrière moi.

Peut-être était-ce lui ? Peut-être était-ce l'homme que j'avais croisé en sortant du café ?

Mon esprit était muet. Ni frustration ni soulagement. Seule la peur croissait à chaque pas qui résonnait à mes talons. J'aurais voulu me retourner, et je n'osais pas le faire.

J'ai obliqué dans une rue éclairée avant de regarder derrière moi. Il n'y avait personne.

La peur a disparu, et avec elle tous mes sentiments. Un mutisme total a envahi mon être. Je me suis affalé sur un banc sous la statue de Skovoroda. Je ne pensais à rien. Je me contentais de respirer.

À croire que mon âme m'avait quitté sur le coup de six heures, me laissant un grand vide. Mon plan devait lui déplaire. L'âme déteste être privée de son logement.

Une pensée amusante a surgi dans mon cerveau balbutiant : si l'âme habite le corps, et si le corps habite un appartement, on peut considérer que l'âme cumule résidence principale et résidence secondaire.

J'ai souri.

J'ai pensé à la solitude de Skovoroda.

Certaines personnes demeurent solitaires, même après leur mort.

Il était six heures vingt.

J'avais droit depuis vingt minutes à un excédent de vie non planifié.

Je suis resté encore une demi-heure sur ce banc, puis je suis monté à pied jusqu'au Krechtchatik où j'ai abordé une prostituée débutante légèrement éméchée que j'ai ramenée chez moi, lui promettant de la payer au matin.

10
Vendredi

Pendant la nuit, j'ai fait des cauchemars intercalés de rêves idylliques au rythme desquels j'enlaçais et désenlaçais dans mon sommeil la prostituée dont j'avais immédiatement oublié le nom. Je me suis réveillé avec un sacré mal de crâne. J'ai bu une tasse de café instantané à la cuisine. J'ai plusieurs fois jeté un coup d'œil dans la chambre, surpris qu'on puisse dormir aussi profondément, en profitant pour examiner mon invitée un peu plus attentivement : nous avions fait connaissance dans la pénombre et, compte tenu de l'état où j'étais la veille, la témérité de cette fille était digne d'étonnement. J'ai brusquement eu peur pour elle : et si cinq minutes avant notre rencontre elle était tombée sur un maniaque ?

Au fond, j'avais accompli une bonne action, la sauvant peut-être d'une raclée ou de quelque chose de pire. Aussitôt, je me suis souvenu que j'avais promis de la payer sans même écouter son prix.

Je me suis senti gêné. Et rassuré de la voir dormir à poings fermés. Il fallait cependant trouver une solution. Peut-être emprunter de l'argent.

À la pensée de devoir me procurer de quoi payer une prostituée je me suis senti sale et j'ai fait la moue malgré moi. Il y avait de quoi.

– Hé, a retenti une voix douce, hé, où tu es ?

Je suis apparu sur le seuil et j'ai demandé :

– Tu veux du café ?

Elle s'est étirée, et un sourire est apparu sur son visage parsemé de taches de rousseur. Elle a fait oui de la tête. Elle s'est redressée et a arrangé l'oreiller derrière son dos.

– Je n'ai que du café en poudre, ai-je précisé en me dirigeant vers la cuisine.

Elle était belle, trop belle pour une prostituée. Et trop jeune. Ses cheveux châtain clair, légèrement abîmés par la coloration, descendaient en boucles jusqu'à ses épaules ; des yeux en amande, un petit nez pointu. Des lèvres minces mais très rouges – je les avais sans doute embrassées cette nuit, sans en garder le souvenir. Dommage.

– Tu viens ?

– J'arrive, ai-je répondu.

Je me suis assis sur le bord du lit. Je lui ai tendu une tasse.

– Tu n'as pas de chocolat ? a-t-elle demandé.

J'ai fait signe que non.

– Tant pis.

Elle a souri.

Je n'arrivais pas à me rappeler comment elle s'appelait.

– Excuse-moi, a-t-elle dit, tu es gentil, mais j'ai oublié ton nom.

– Tolia.

J'en ai profité pour lui redemander le sien.

– Lena… C'est mon vrai nom… Mais là-bas, je suis Vika.

– Je préfère t'appeler Lena.

– Bon, pour toi, je veux bien être Lena.

Cette matinée a pris fin vers le soir.

– Il faut que j'y aille, a dit Lena avec un mouvement d'épaules.

J'ai entrepris de lui expliquer que je payais toujours mes dettes, mais que je n'avais pas d'argent en ce moment.

Elle m'a interrompu.

– Oublie ça. Lena ne se fait pas payer. Avec Vika, ça t'aurait coûté vingt dollars… Allez, salut !

Nous nous sommes embrassés.

– Si tu veux me voir, tu sais où me trouver, a-t-elle ajouté en descendant l'escalier.

– L'ascenseur fonctionne !

– Laissons-le fonctionner, m'a-t-elle crié en réponse.

Dehors, il faisait sombre. Le soir d'automne distillait sa tristesse, mais je ne me sentais pas triste. J'étais joyeux. C'était une seconde naissance, ou un second souffle. Quelque chose qui me donnait de l'espoir en l'avenir.

11
Le soir

Vers sept heures du soir, le téléphone s'est mis à sonner.

C'était Dima.

– Tu sais, il y a eu un raté hier. Kostia est passé me voir. Il m'a demandé de te présenter ses excuses... Tu as du temps aujourd'hui ?

– C'est même la seule chose que j'ai.

– Passe donc me voir, on prendra un verre.

J'ai accepté avec plaisir.

Notre rencontre s'est prolongée jusqu'à minuit. Dans la petite boutique, rideaux tirés, il faisait chaud et douillet grâce au réchaud électrique et j'avais l'impression d'être assis près du feu.

Après une bouteille de vin rouge hongrois en guise d'apéritif, nous nous sommes attaqués à de la vodka au citron Nikolaï. Elle se mariait très bien au foie de morue en boîte. Pour sentir la richesse de l'existence, il n'y a rien de mieux que travailler dans une boutique privée ou, à défaut, d'avoir un vendeur parmi ses parents proches. Certes, il me suffisait pour l'heure d'être son ancien copain de classe, mais c'était un simple coup de chance. Bien des gens refusent de reconnaître leurs copains de classe.

Réchauffé par la vodka, Dima en est venu aux choses sérieuses.

– Tu comprends, sa montre retardait. Il est arrivé à la fermeture… En principe, c'est un type très ponctuel. Aussi, tu n'as pas besoin de t'inquiéter, il mettra un point d'honneur à mener le boulot à bien. Dans le métier, on ne plaisante pas avec ces choses-là. Bon, je t'ai tout dit. N'en parlons plus. La vie est formidable. Il y a tant de choses à découvrir. Hier, j'ai fait la connaissance d'une fille…

Il a secoué la tête ; visiblement, les mots lui manquaient.

– Elle est coiffeuse. Parfois ça arrive qu'on rencontre quelqu'un qu'on a immédiatement envie d'épouser. Peut-être me marierai-je un jour. Mais il faut d'abord que j'achète un appartement.

– J'ai déjà un appartement, ai-je remarqué. Ma femme m'a quitté.

– Elle reviendra ! m'a rassuré Dima.

– Il vaut mieux pas.

– Elle n'a pas officiellement changé de domicile ?

– Non.

– Ça veut dire que l'appartement n'est pas encore à toi. Je ne me sentirai pas propriétaire tant que je n'aurai pas un appartement enregistré à mon seul nom.

Je ne pouvais qu'être d'accord avec lui.

Il m'a offert une bouteille de Keglevitch au moment de partir.

Nous avons fermé la boutique et nous nous sommes dirigés vers le métro.

– Tu sais, a-t-il dit tandis que nous marchions, j'ai une affaire à te proposer, qui te permettrait de gagner de l'argent. Ça t'intéresse ?

– C'est illégal ?

– Non, enfin, juste un peu. Tout est illégal de nos jours.

– De quoi s'agit-il ?

– Mon patron divorce et il a besoin d'un témoin.

– Un témoin de quoi ?

Dima s'est gratté l'oreille.

– Comment te dire… ben, tu devras faire semblant d'avoir couché avec sa femme. Il faut assister à l'audience au tribunal et confirmer si on te pose la question. Comme quoi le mari t'a surpris avec elle ou quelque chose de ce genre.

– Mais c'est du faux témoignage.

– Ce n'est pas un procès criminel, juste une affaire civile. D'ailleurs, qui saura démontrer que tu n'as pas couché avec elle ? Elle aura beau dire ce qu'elle voudra, elle ne pourra rien prouver. Et on te payera assez pour que tu puisses te la couler douce pendant un an. Qu'est-ce que tu en dis ?

J'hésitais. Le rôle qu'on me proposait de jouer n'était pas très reluisant, mais je n'avais aucune autre rentrée d'argent en perspective…

– Si tu veux, je peux te présenter à mon patron et il te dira ce qu'il attend exactement de toi. Tu décideras en conséquence.

– D'accord.

J'étais content de ne pas avoir à me prononcer tout de suite. Et puis le patron de Dima saurait mieux m'expliquer la situation.

– Je lui donnerai ton numéro, a ajouté Dima.

12
Samedi

J'ai rencontré le patron de Dima dès le lendemain. Il m'a téléphoné le matin et, à trois heures de l'après-midi, nous étions assis dans ma cuisine devant une bouteille de vodka et diverses denrées qu'il avait apportées. Il avait la quarantaine ; grand, rasé de près, le physique du fonctionnaire type. Ses cheveux noirs coupés court grisonnaient légèrement par endroits. Il arborait une petite moustache soigneusement coupée. Il s'appelait Sergueï.

– C'est une belle traînée, m'a-t-il raconté en sirotant sa vodka comme aucun Russe ni aucun Ukrainien ne le fait jamais. Trop c'est trop, j'en ai ma claque. Je sais parfaitement avec qui elle couche, mais je ne veux pas toucher à ce type. C'est surtout l'aspect moral qui m'importe, j'ai certains projets pour l'avenir et je tiens à sauvegarder ma réputation. Peut-être que tu n'auras rien à faire, mais si on te pose la question, tu te lèveras et tu diras quelques mots. Souviens-toi qu'elle a une tache de naissance sur le sein gauche juste sous le téton, et une autre sur la fesse. Ce sont des détails que seuls des amis très intimes peuvent connaître.

Je l'écoutais en silence. J'avais terriblement envie de gagner de l'argent et aucune envie de me laisser entraîner dans une aventure douteuse. Mais on n'a jamais rien sans rien, et puis en l'occurrence je ne risquais pas grand-chose. Sinon de traverser quelques moments désagréables. Un moment, ça passe vite et ça s'oublie facilement.

– Et le plus important. (Sergueï s'est frotté les mains comme s'il avait froid.) Ton salaire : mille dollars. Tu dois te décider tout de suite, ça presse.

J'ai avalé ma salive. Mon meurtre commandité coûtait deux fois moins cher.

– L'argent est à toi, même si on ne te demande rien.

J'ai acquiescé.

– Bon, puisque tu es d'accord, on y va.

– Où ça ?

– Je vais te montrer l'endroit où tu as couché avec ma femme, te raconter comment ça s'est déroulé. Je te ramènerai en voiture.

Nous sommes montés dans son Opel pour nous rendre dans le quartier de Petchersk. Il m'a montré son appartement, vaste comme un terrain de golf.

Il a ouvert une porte à deux battants décorés de vitraux.

– La chambre à coucher, c'est là que tu t'es envoyé en l'air avec ma douce moitié. Ça s'est passé en août, pendant mon voyage aux États-Unis. N'oublie pas. Son portrait est sur le mur… Ah, oui ! elle s'appelle Alina. Il faut que tu t'en souviennes.

Au-dessus du lit, dans un beau cadre, se trouvait la photo d'une blonde, jolie mais trop maquillée.

– Maintenant, tu sais tout, a poursuivi Sergueï en soupirant. Le procès a lieu lundi prochain à dix heures du matin. Un ami passera te prendre.

Il m'a reconduit chez moi et je suis resté longtemps dans la cuisine. Dehors, il faisait sombre, j'aurais pu aller me coucher, mais je me sentais trop énervé. Aussi ma soirée s'est-elle prolongée jusqu'à deux ou trois heures du matin.

13

Depuis ma mort ratée, mon existence se traînait avec une lenteur incroyable. J'avais peine à croire qu'une soixantaine d'heures seulement s'étaient écoulées : chaque journée était interminable et indescriptible. La soirée passée avec Dima et ma rencontre avec son patron ne représentaient que quelques gouttes extraites d'un océan de temps inutile. J'ai toujours aimé mesurer le temps en fonction d'un événement à venir. Une visite, un rendez-vous, une lettre attendue. Ce qui ne m'empêchait nullement d'apprécier les imprévus. Cette fois, il me fallait attendre lundi pour figurer comme témoin à un procès. Ou plutôt comme faux témoin. Pour une première expérience en matière de tribunal, il est paradoxal d'exercer non pas une fonction mais son contraire. Dans mon cas, c'était presque naturel, mon destin semblait me pousser à me distinguer toujours des gens normaux. La seule fois où j'avais voulu jouer un rôle sérieux, celui de victime d'un tueur à gages, le hasard ou quelque volonté supérieure en avait décidé autrement. Pourquoi ? Peut-être une censure du destin nous interdit-elle d'accomplir certains gestes ?

Lundi, je me suis réveillé avec un sentiment de soulagement : enfin un jour où il devait arriver quelque chose. Il n'était pas encore huit heures du matin. J'ai préparé du thé en attendant qu'on vienne me chercher.

L'horloge de la cuisine tictaquait avec fracas.

Dehors, il pleuvait.

Octobre se prolongeait. Mon mois le plus honni. La révolution bolchevique n'était pas en cause. Je détestais l'humidité.

Vers neuf heures, une voiture a klaxonné devant l'entrée.

Le conducteur, un quinquagénaire peu loquace, m'a conduit au tribunal. Sergueï était déjà sur place.

– Ne t'éloigne pas, m'a-t-il prévenu. Quand tout le monde sera entré, tu attendras derrière la porte jusqu'à ce qu'on t'appelle.

Une demi-heure plus tard, les portes se sont ouvertes et une foule morose est sortie sous la pluie. J'ai remarqué une femme entièrement vêtue de noir. Puis quelqu'un est apparu sur le seuil et a fait signe à Sergueï et aux autres. Je suis entré le dernier et je me suis arrêté devant la salle d'audience.

– Entrez, m'a dit une jeune fille vêtue comme une vieille secrétaire, d'une longue jupe grise à carreaux.

– Je suis le témoin, on m'a dit d'attendre à l'extérieur.

Elle a souri.

– C'est une affaire civile, vous pouvez aller vous asseoir dans les premiers rangs.

J'ai pris place au second rang près de la porte.

Tout s'est passé très vite. La femme de Sergueï n'avait pas envie de divorcer. Mais Sergueï a annoncé d'emblée que son amant se trouvait dans la salle et témoignerait au besoin. Après ça, sa femme n'a pas arrêté de jeter des regards nerveux à droite et à gauche.

Après le procès, Sergueï m'a tendu une enveloppe. Il avait l'air fatigué mais satisfait.

– De l'argent facilement gagné, a-t-il remarqué avec un sourire ironique.

Il s'est éloigné sans me dire au revoir.

Une fois chez moi, j'ai ouvert l'enveloppe. Je n'avais encore jamais tenu une telle somme entre les mains. Mille dollars en coupures de cinquante et de vingt. Je les ai recomptées plusieurs fois, les étalant sur la table de la cuisine. Mes mains tremblaient. Je suppose que c'était de joie. J'avais de quoi rembourser mes dettes, minimes il est vrai : un verre de Keglevitch au café de la rue Bratskaïa. Et puis, j'avais envie d'offrir quelque chose à Lena-Vika.

J'ai gardé vingt dollars et j'ai rangé le reste dans un sachet que j'ai enveloppé dans du papier journal avant de le dissimuler sous la baignoire : ma femme avait toujours les clés et je n'avais aucune envie de lui faire un cadeau surprise. Le soir même, je me suis rendu sur le Krechtchatik. J'ai changé mes vingt dollars devant le métro et je suis parti en quête de Lena-Vika. La dernière fois, je l'avais découverte sur un banc près du cinéma Orbite. J'ai effectué deux allers et retours jusqu'au cinéma sans la voir. Dans ma poche, une épaisse liasse de coupons[1] réchauffait ma paume droite, et j'ai décidé de réchauffer le reste de ma personne dans le café-grill en face du métro. J'ai dégusté un demi-poulet généreusement arrosé de ketchup avec un petit verre de vodka. Après quoi je me suis senti plus calme, légèrement au ralenti. Je suis retourné sur le Krechtchatik, à la recherche de cette fille qui rendait la vie si facile.

Je l'ai dénichée vers onze heures du soir. Elle m'a paru fatiguée, mais contente de me voir. Nous avons acheté deux bouteilles d'Amaretto, quelques barres de chocolat, un morceau de salami et nous sommes allés chez moi.

Nous avons bu et mangé en bavardant sans contrainte, de choses et d'autres. Je lui ai parlé de ma femme et de mes anciennes amours, elle m'a parlé de son attrait pour la liberté et de la haine qu'elle éprouvait à l'égard de ses parents et de son frère. Nous étions bien ensemble. De jour, de nuit, et jusqu'au matin. Nous n'avions pas envie de nous lever. J'ai fini par m'extirper du lit pour lui apporter du café et du chocolat. Ni elle ni moi n'étions pressés, mais un temps mort est survenu, signe d'une certaine lassitude et, déjà très femme malgré sa jeunesse, elle l'a senti et s'est préparée à partir.

– Si tu veux, je te passerai un coup de fil, a-t-elle dit en caressant le combiné de mon vieux téléphone noir.

J'ai accepté avec joie et je lui ai noté mon numéro sur un bout de papier.

1. Monnaie ukrainienne, utilisée durant l'inflation galopante des années quatre-vingt-dix.

– À ta place, je changerais la serrure, m'a-t-elle conseillé en partant.

J'ai hoché la tête. L'idée me paraissait bonne.

Cette fois aussi, elle est descendue par l'escalier. J'ai écouté ses pas s'éloigner pendant une bonne minute avant de refermer la porte.

Encore un soir d'automne hâtif. Qu'un nouvel élément enrichissait désormais. L'agréable attente de son coup de fil.

14

Le téléphone n'a sonné qu'au matin. Ce n'était pas Lena. C'était Dima qui insistait pour me voir le soir même. À contrecœur, j'ai promis de passer.

Un soleil malingre brillait au-dehors. Le temps était sec et probablement assez frais.

Après avoir compté l'argent qui me restait, j'ai pris un autre billet de vingt dollars. La vie continuait. Pour le petit déjeuner, j'avais du thé et une barre de chocolat. Mais j'avais envie de viande. J'ai secoué un vieux cabas dans le couloir – la dernière fois où je m'en étais servi remontait à plus d'un mois, quand j'avais acheté des pommes de terre au marché –, puis j'ai balayé la saleté dans un coin.

Avec le reste des coupons j'ai acheté un kilo de viande de bœuf à l'os, du pain frais et un pack de yaourt liquide au supermarché. De retour à la maison, j'ai mis la viande à bouillir avec deux pommes de terre et trois oignons qui traînaient. Puis j'ai feuilleté des vieux journaux en attendant que l'appétit me vienne. Vers trois heures, j'ai mangé avec grand plaisir deux assiettes de soupe et une partie du pain. Une sensation de bonheur m'a envahi, issue de presque rien.

Le soir est tombé, mais les lampadaires sont restés éteints. Une nouvelle campagne d'économie d'électricité venait de commencer.

Je me suis rendu sur le Podol et j'ai changé mes vingt dollars sur la place des Contrats, puis j'ai marché le long des rails du tram avec une nouvelle liasse de coupons qui me réchauffait la poche.

Par les fenêtres et les portes du café de la Bratskaïa une maigre lumière automnale filtrait au-dehors, mêlée aux rires et aux éclats de voix des clients. Il n'y avait pas de file d'attente au comptoir mais toutes les tables de la première salle étaient occupées. J'ai jeté un coup d'œil dans la seconde : il restait encore de la place.

J'ai commandé un double et j'ai rappelé à la barmaid que je lui devais le prix d'une Keglevitch.

– Un gars est passé qui te cherchait. Un ancien camarade de classe.

J'ai hoché la tête. Puis la pensée m'est venue qu'elle ne connaissait pas mon nom.

– Comment savez-vous que c'était moi ?

– Il avait ta photo. Il ne vit plus à Kiev, il est de passage et il aurait aimé te revoir…

C'est seulement en m'asseyant que j'ai compris qui était ce gars qui me cherchait. Ma gorge s'est serrée et mes mains se sont mises à trembler. J'avais totalement oublié ce qui s'était passé quelques jours plus tôt. J'ai écarté ma tasse et je suis revenu au comptoir en laissant mon écharpe sur la chaise.

– Un verre de Keglevitch.

– Ça t'a plu ? a demandé la barmaid en souriant. Vodka citron ou vodka melon ? Celle au melon est meilleure.

– Une au melon alors. À quoi ressemblait-il, ce copain de classe ?

– Rien de particulier, a-t-elle répondu en haussant les épaules. Pas très grand, en blouson de cuir sombre. Ne t'inquiète pas, il te retrouvera. Quelqu'un lui a donné ton adresse ou lui a dit où te trouver…

– Il a montré ma photo à tout le monde ?

– Juste aux trois ou quatre clients qui étaient là. Il est repassé aujourd'hui pour prendre un café, mais sans plus demander après toi.

J'ai regagné ma table. Le petit verre de vodka m'a paru insuffisant et j'en ai commandé à nouveau une double portion.

Je suis resté jusqu'à la fermeture, puis j'ai erré une heure sur le Podol avant d'aller voir Dima.

– Comment ça va ? a-t-il demandé.

– Ça peut aller.

– Alors, tu as gagné mille dollars ?

– Oui.

– Et sans lever le petit doigt ! C'est vraiment chouette. Maintenant, tu peux te la couler douce.

– Mmmoui.

– Tu as déjà bu ou quoi ?

– Un peu.

– Tu prendras bien encore un verre avec moi.

Il a sorti une bouteille de vodka, a fermé la porte et baissé les rideaux avant de remplir les verres.

– Maintenant, tu peux me rembourser ce que tu me dois. Non que je sois pressé, mais puisque tu as de l'argent, à quoi bon attendre ?

J'ai essayé de me concentrer sur ses paroles ; un brouillard éthylique flottait dans mon crâne. Mon regard devait exprimer l'incompréhension. Dima a souri, puis il a vidé son verre.

– Décidément, tu tiens une sacrée cuite. Je veux parler des dollars que j'ai versés à Kostia pour ton client, le type qui t'a piqué ta femme. Pour être honnête jusqu'au bout, tu me dois aussi dix pour cent du fric que tu as gagné grâce à moi.

J'ai fini par comprendre. J'ai bu à mon tour et j'ai hoché énergiquement la tête.

– Je t'apporterai tout demain. L'argent est resté chez moi.

– Il n'y a pas urgence, a répondu Dima avec un haussement d'épaules. Tu peux me l'apporter demain ou après-demain, comme ça t'arrange.

Il n'était pas encore très tard quand je me suis senti mal, Dima a trouvé un taxi amateur qui a accepté de me ramener et même de m'accompagner jusqu'à la porte de mon appartement.

Ma langue refusait de m'obéir mais, de temps à autre, ma vue s'éclaircissait un bref instant ; durant l'un de ces instants, j'ai vu le billet de dix dollars que Dima tendait au conducteur.

15

Un appel m'a réveillé vers midi.

– C'est Kostia, a déclaré une voix jeune. Tout va bien. Je l'ai retrouvé.

Le sens de ses paroles s'est frayé péniblement un chemin jusqu'à ma conscience sévèrement embrumée par les vapeurs de l'alcool.

Kostia avait depuis longtemps raccroché lorsque j'ai enfin compris que c'était moi qu'il avait retrouvé, que le jeu n'était pas terminé, et s'était poursuivi à mon insu.

Après deux tasses de café et un bain froid, je me suis senti mieux, capable en tout cas de réfléchir aux événements. Je me suis réfugié dans ma cuisine. Plusieurs fois, j'ai regardé par la fenêtre, observant les silhouettes des passants, guettant un jeune homme en blouson de cuir noir. Mais les passants vaquaient à leurs occupations et aucun ne paraissait suspect.

Peu probable qu'il se montre dans la journée, encore moins qu'il m'abatte sous les yeux de la foule. Il attendrait certainement la nuit. Tant qu'il ferait jour, j'étais en sécurité.

Je n'avais plus envie de mourir. Mon existence continuait, elle venait même d'acquérir un soupçon de sens que j'étais seul à percevoir. J'étais devenu libre de mes choix et celui que j'avais fait deux semaines plus tôt ne me convenait plus. Je voulais vivre.

Légèrement calmé, j'ai sorti les dollars de leur cachette. J'en ai pris cinq cent cinquante pour Dima – ma dette de quatre cent cinquante, plus dix pour cent de mille dollars –, devenant d'un coup beaucoup moins riche. La somme restante devait malgré tout me permettre de vivre quelques mois sans trop songer à l'avenir.

Le temps était à nouveau frais et ensoleillé. En me dirigeant vers l'arrêt du bus, j'ai remarqué qu'il ne restait plus de feuilles vertes sur les arbres.

Dans la boutique de Dima, une petite vieille en long manteau gris au col mité examinait un pistolet à eau de fabrication chinoise.

Dima m'a salué d'un signe de tête.

– C'est l'anniversaire de mon petit-fils, marmonnait la vieille dame, je ne peux pas lui offrir grand-chose avec ma maigre retraite...

– Bon, d'accord, je te le laisse pour deux cent cinquante mille, a dit Dima d'une voix impatiente. Je t'offre une remise de cinquante mille coupons!

– Merci, mon petit, tu es bien gentil.

La vieille a sorti son mouchoir de sa poche, l'a déplié, découvrant une liasse de billets de dix mille qu'elle a entrepris de compter lentement. Dima a levé les yeux au plafond, puis les a tournés vers moi.

– Deux cent trente..., a dit la petite vieille. J'ai encore des billets de mille dans mon autre poche.

– Non, non, ce n'est pas la peine, s'est exclamé Dima. Je te le laisse pour deux cent trente !

Et il lui a solennellement remis le pistolet à eau.

– Oh, merci, mon petit, merci..., a-t-elle balbutié en sortant à reculons de la boutique.

– Quelle enquiquineuse, a soupiré Dima. Alors, quoi de neuf ?

Je lui ai tendu la liasse de dollars, presque de la même manière que Dima avait tendu le jouet à la vieille dame.

– Il y a cinq cent cinquante dollars, pourcentage compris, ai-je déclaré.

Dima a soupiré. Visiblement, mon ton lui déplaisait.

– Tu n'es pas encore remis de ta cuite d'hier soir ou quoi ? Il est temps de dessoûler. Et puis tu me dois moins.

– Comment ça, moins ?

Dima a secoué la tête et a souri gentiment, je me suis aussitôt senti gêné sans comprendre en quoi j'avais pu le blesser.

– Bon, regarde, quatre cent cinquante, c'est ta dette, on est d'accord ?

J'ai acquiescé.

– Il te reste cinq cent cinquante. C'est là-dessus que tu me dois dix pour cent, tu saisis ?

J'ai haussé les épaules.

– J'ai toujours été contre la double imposition, a remarqué Dima en riant.

Il a sorti une bouteille de Palinka hongroise entamée et deux verres en cristal qu'il a aussitôt remplis.

– Tu es vexé ou quoi ? a-t-il demandé en me regardant droit dans les yeux.

– Mais non. Je ne me sens pas très bien ces derniers temps. Excuse-moi.

– En ce cas, on va boire à ta santé. J'espère que tout va s'arranger.

Dès les premières gorgées, quelque chose en moi s'est remis en place. Jamais je n'avais expérimenté une telle métamorphose intérieure.

– Veux-tu un conseil ? a dit Dima. Maintenant que tu possèdes des dollars, la meilleure solution est de les placer. Tu n'as pas l'intention de mourir demain, je suppose ? Et pour vivre, on a toujours besoin d'argent. Le plus facile, c'est le prêt contre intérêts, pas à des trusts ni à des boîtes privées qui risquent de s'évaporer au bout d'un mois avec le magot. Je connais des gens avec qui on peut traiter. Ils t'empruntent tes dollars à dix pour cent d'intérêts par mois et ils les reprêtent à des caves à quinze pour cent, sur hypothèque. Tu saisis ? Si le cave paye, tu perçois dix pour cent et eux cinq pour cent. Et s'il ne paye pas, on lui confisque son appartement ou son garage pour le mettre en vente, tu continues à percevoir tes dix pour cent, et eux, ils se font deux cents pour cent. Mais ils se tapent tout le boulot, alors que tu n'as pas à lever le petit doigt. Tu restes tranquillement chez toi à bouquiner. Qu'est-ce que tu en dis ?

J'ai promis d'y réfléchir.

– Quand mèneras-tu enfin une vie digne de ce nom ? s'est gentiment exclamé Dima en remplissant de nouveau les verres.

Il faisait encore clair lorsque je suis rentré chez moi. J'ai sorti « la monnaie » de mes dollars que j'ai laissée sur la table de la cuisine. Puis je me suis déshabillé.

J'avais désormais toutes les raisons de craindre l'obscurité.

Il y avait une certaine ironie amère dans la situation où je m'étais fourré. Je ne devais la vie qu'à un banal concours de circonstances et la chasse que j'avais commanditée contre ma propre personne continuait sans que je sache comment y mettre fin. Pouvais-je seulement envisager de tout raconter à Dima ? Il risquait de verser lui-même un supplément à Kostia ou à un autre « pro » pour que l'affaire soit conclue au plus vite quand il apprendrait que je l'avais mené en bateau avec mon histoire de mari jaloux, que je m'étais servi de lui comme d'un pion. Non, je devais soit trouver une autre solution, soit faire durer le jeu, continuant d'exister jour après jour. Cette dernière perspective ne me souriait guère, bien que chaque instant de vie me fût désormais précieux.

Le soir tombait. J'avais envie de me rendre sur le Krechtchatik, trouver Lena et la ramener chez moi. Mais j'avais encore plus envie de vivre, alors, je me suis installé à côté du téléphone dans l'attente de son coup de fil.

Elle m'a appelé une demi-heure plus tard et a accepté de venir, me demandant de l'attendre à la sortie du métro. Ce n'est qu'après avoir raccroché que j'ai réfléchi à la légèreté de cette promesse. Je continuais par inertie à me sentir en sécurité. Une inertie si forte que, même en m'habillant, je n'éprouvais aucune peur à la perspective de sortir dans le noir où un jeune homme en blouson noir pouvait me guetter derrière chaque arbre et à chaque coin de rue.

Cependant, une fois dehors, j'ai commencé à ressentir une certaine angoisse. J'avais les nerfs à fleur de peau. Mes oreilles happaient les bruits les plus ordinaires avec une méfiance accrue. Les deux cents mètres entre mon immeuble et l'arrêt du bus m'ont privé de toute énergie ; j'avais le front en sueur comme si j'avais couru. J'ai repris mon souffle dans le bus. Le métro était à dix minutes.

En revenant bras dessus bras dessous avec Lena, je me sentais plus sûr de moi. À deux, la rue paraissait moins effrayante.

Nous avons fait l'amour toute la nuit. Nous bavardions durant les pauses. Je me sentais bien dans le noir, serré contre elle.

– Tu pourrais m'épouser ? a soudain demandé Lena avec ironie.

– Non, je préférerais t'adopter.

– Si tu faisais ça, on te mettrait en prison.

Son rire sonore, légèrement assourdi par l'obscurité, était doux et apaisant à mes oreilles.

Au petit matin, tandis qu'elle dormait paisiblement, recroquevillée comme une enfant, je me suis interrogé sur les raisons qui me rendaient plus sûr de moi en présence de Lena. Je la considérais sans doute comme une sorte d'ange gardien. Sa gentillesse à mon égard me protégeait, créait autour de moi une aura invisible. Une espèce de biosphère. Elle devait ressentir la même chose à mon égard.

J'ai tendu les bras vers elle sans prêter attention à ses protestations ensommeillées, je l'ai tournée vers moi et je l'ai enlacée avant de me rendormir, avec un parfait sentiment de confiance.

16

Resté seul, j'ai commencé à réfléchir sérieusement à ma situation. Et pour donner un support concret à mes pensées, je suis sorti acheter un journal de petites annonces. Parmi des dizaines de plombiers et de poseurs de parquets, j'ai trouvé deux agences de gardes du corps.

– Allo, ici l'agence Topsan, a chantonné une agréable voix de femme quand j'ai fait le premier numéro.

– Pardonnez-moi, ai-je bafouillé, je vais peut-être avoir besoin d'un garde du corps… Qu'est-ce qu'il faut que je fasse ?

– Passez nous voir pour signer un contrat.

– Et ça me coûtera combien ?

– Ça dépend du service dont vous avez besoin. À partir de cinquante dollars.

– Par mois ?

– Par jour.

Je l'ai remerciée avant de raccrocher. Payer cinquante dollars par jour n'avait aucun sens : au bout de sept jours, je me retrouverais sans le sou, et que ferais-je ensuite ?

Je me suis calé dans mon fauteuil en soupirant et j'ai continué à feuilleter le journal. Les petites annonces constituaient un calmant efficace, créant la sensation d'une vie parfaitement normale : des gens construisaient des maisons et des datchas, d'autres élevaient des ragondins ou cultivaient des roses rares. Sous la rubrique « cœurs solitaires », chacun était bien de sa personne, sobre et non-fumeur et cherchait une âme sœur répondant aux mêmes critères. Le monde apparaissait sous un jour idéal, au point qu'on aurait voulu y vivre éternellement.

Parmi les annonces de ceux qui souhaitaient acquérir ce qu'ils n'avaient pas ou vendre ce qu'ils avaient, je suis tombé sur une proposition qui détonnait sur ce fond bourgeoisement paisible.

« Je suis prêt contre forte récompense à me charger de missions dangereuses. » Pas de téléphone, juste une adresse : 87, rue Soviétique. Irpen.

Dès le lendemain matin, je me suis rendu dans la banlieue indiquée, debout dans un wagon crasseux. J'ai rapidement trouvé la rue Soviétique, la maison que je cherchais était au fond d'une cour. Vieille et décrépite, entourée d'un jardin à l'abandon. J'en ai fait le tour avant de découvrir la porte d'entrée doublée de tôle. J'ai frappé.

Au bout d'une minute, j'ai entendu du bruit. Un objet en verre est tombé et a roulé sur le plancher en bois. Des pas se sont rapprochés.

– Qui est-ce ? a demandé une voix enrouée.

– C'est au sujet de l'annonce.

La porte s'est ouverte sur un visage bouffi hérissé d'une barbe de trois jours. L'homme avait la quarantaine. Il a respiré une bouffée d'air frais qui a paru lui faire du bien.

– Entre.

Je l'ai suivi à l'intérieur.

La pièce sentait le renfermé. Toutes les surfaces étaient couvertes de dentelles, et au mur était accroché le portrait d'un couple âgé.

– Alors ? a dit l'homme en s'asseyant devant une table couverte d'une nappe blanche ouvragée.

Je lui ai tendu la main en me présentant :

– Tolia.

– Moi, c'est Vania, a-t-il répondu. Alors ?

Ses « alors » commençaient à m'énerver, mais j'ai décidé de maîtriser mes émotions et d'entrer dans le vif du sujet.

– Quelqu'un veut me tuer.

Il a émis une espèce de gloussement.

C'était la situation la plus stupide dans laquelle je me sois jamais fourré, à l'exception de celle qui m'avait amené en ce lieu. Je me suis levé pour partir.

– Qu'est-ce qui te prend ? a demandé Vania. Vas-y, je t'écoute.

– Je préfère t'écouter d'abord, ai-je proposé.

Mon humeur s'était gâtée au point de me rendre grossier.

– Qu'est-ce que tu veux que je te dise ?

– Parle-moi de toi. Qu'est-ce que tu sais faire ?

– Tout et n'importe quoi. J'ai servi comme lieutenant en Afghanistan... J'ai gardé des convois de marchandises. J'ai convoyé des voitures d'Allemagne, j'ai participé à des règlements de comptes...

Sa voix sifflante s'accordait très bien à son physique et même à ses vêtements, d'ailleurs réduits au minimum : un maillot et un pantalon de gym avec des bandes blanches sur les côtés.

– Tu as bien compris ce que je t'ai dit? ai-je demandé.

– Oui, a-t-il répondu avec sérieux. J'ai compris. Je peux m'en charger.

– Pour combien?

Il a mâchonné des lèvres, a détaillé mes vêtements, évaluant ce qu'il pouvait espérer tirer de moi.

– Sans garantie, ce sera cinq cents dollars.

– C'est beaucoup.

– Bon, quatre cents, a-t-il proposé en me regardant droit dans les yeux.

– Je peux t'en donner trois cent cinquante, ai-je dit d'une voix très lasse.

J'avais appris à marchander à force d'avoir affaire à des taxis amateurs.

– Bon, c'est d'accord. Et maintenant, raconte.

Je ne suis pas entré dans les détails. J'ai dit qu'un ancien partenaire avait de vieux comptes à régler avec moi; je lui ai décrit Kostia d'après le portrait que m'en avait fait la barmaid.

– Alors comme ça, il te guette dans ce café? a dit Vania, pensif. Bon, pigé. Tu me verses une avance?

J'ai fait signe que non.

Vania n'a pas semblé trop déçu.

Il s'est mis à réfléchir en frottant sa joue droite hérissée de poils.

Au bout de dix minutes, son visage maigre s'est allongé, il a froncé les sourcils, a regardé le plafond, puis il s'est gratté la clavicule gauche sous son maillot.

– Je sais ce qu'il faut faire, a-t-il enfin déclaré.

– Quoi donc ?

– Il faut un appât.

– Quel appât ?

– Ben c'est toi qu'il veut, non ? C'est toi le meilleur appât.

C'était logique, mais cette logique ne me plaisait guère.

– S'il se cache quelque part, a poursuivi Vania, ce n'est pas moi qui risque de le faire sortir. Toi, par contre, il viendra forcément te chercher.

– Et s'il a le temps de m'avoir ?

– Ça, c'est mon problème, m'a interrompu Vania. Il n'y a pas de meilleur plan. Demain, tu me montreras le café et on décidera sur place.

Nous avons convenu de nous retrouver sur le Podol à onze heures du matin.

17

Malgré son physique et son lieu de résidence, Vania était ponctuel. Il est arrivé à onze heures pile. J'ai failli ne pas le reconnaître : il portait un jean et un blouson vert matelassé qui le faisait paraître plus gros. Même son visage semblait plus avenant, peut-être parce qu'il s'était rasé.

– Alors ? a-t-il jeté en guise de salut.

J'ai hoché la tête.

Nous sommes allés rue Bratskaïa.

Le café venait d'ouvrir et la barmaid nous a demandé d'attendre dix minutes, le temps que la machine à espresso soit à la bonne température.

– Un petit verre en attendant ? a-t-elle proposé.

– Je ne bois pas pendant le travail, a tranché Vania.

Je suis allé m'asseoir à « ma » table du coin. Vania a fait un tour dans la seconde salle avant de revenir.

– Mouais, a-t-il grogné sous son nez.

Puis il m'a regardé.

– Je reviens dans un instant.

Je suis resté seul. La barmaid avait disparu dans l'arrière-salle. La machine à café chauffait en bourdonnant légèrement. Les portes étaient fermées. Tout était silencieux au point que je retenais mon souffle.

Soudain, la porte s'est ouverte, je me suis recroquevillé contre le mur et un type est entré, le faciès aviné, vêtu d'une veste beige crasseuse, un bonnet de laine noire vissé sur le crâne.

– Valia ! a-t-il crié.

La barmaid est sortie de son repaire.

– Je te livre de la vodka ?

– Non, il m'en reste. Ramène-moi une caisse d'Amaretto.

Le type a hoché la tête et il est ressorti.

La barmaid a vérifié le fonctionnement de sa machine.

– Un double ?

– Oui.

– Et pour ton copain ?

J'ai haussé les épaules.

– Il va bientôt revenir.

Je suis allé prendre ma tasse au comptoir.

Le silence me tapait sur les nerfs. Je me sentais tendu, et cette tension paralysait mes muscles, mes bras, mon visage, j'avais l'impression qu'on m'avait mis au congélateur.

Ma tasse fumait.

Il manquait quelque chose. Que je n'aimais pas, mais à quoi je m'étais habitué et qui faisait partie intégrante de cet établissement, comme l'hydrogène entre dans la composition de l'eau. Enfin, j'ai compris ce que c'était.

– Valia ! ai-je crié, appelant pour la première fois la barmaid par son prénom.

Étrange qu'elle soit demeurée anonyme pour moi toutes ces années.

– Valia ! Mets donc de la musique.

– Choufoutinski ?

– Tu as quelque chose d'autre ?

Elle s'est penchée sur le magnétophone et je l'ai entendue prendre quelques cassettes.

– Allegrova, Apina, Kirkorov, les frères Gadukine[1]..., a-t-elle énuméré, dissimulée sous le comptoir.

Un choix éminemment patriotique.

J'ai choisi Apina. J'aimais bien ses taches de rousseur très télégéniques.

– Pas trop fort, ai-je demandé.

« Deux bouts de saucisson... », a entonné la chanteuse.

Ma tension est retombée.

J'ai bu une gorgée de café et je me suis senti mieux.

La porte s'est ouverte de nouveau, mais je n'ai plus ressenti la même frayeur.

Vania est revenu s'asseoir en face de moi.

– Tu veux un café ?

– Non. On s'en va.

Lorsque nous sommes sortis, Vania m'a conduit dans une cour voisine. Un espace à l'abandon où traînait une carcasse de voiture ; derrière la voiture, un dépôt d'ordures et derrière les ordures, un immeuble déserté dont la réhabilitation avait probablement été remise aux calendes grecques. Il ne restait que les murs et des tas de gravats à l'intérieur.

– Écoute, a dit Vania. Nous allons revenir ici tous les soirs entre cinq heures et la fermeture.

1. Chanteurs de variétés russes.

On sera à des tables différentes. S'il arrive, tu sors comme si tu cherchais un endroit pour pisser et tu te mets là, entre les bacs à ordures et l'immeuble. Il te suit, et moi, je le suis. C'est clair ?

J'ai fait signe que oui.

– Autre chose. Tu me payes sur place dès que c'est réglé, pour qu'on ne se revoie plus. N'oublie pas l'argent.

Cette idée ne me plaisait pas plus que le reste du plan, mais discuter ne servait à rien. Vania avait pris la direction des opérations et semblait très sûr de la marche à suivre.

– On commence quand ?

– Ce soir même, a-t-il répondu. À quoi bon faire traîner les choses ? À cinq heures au café.

Je suis rentré chez moi, j'ai pris un bain et j'ai déjeuné.

Puis je me suis allongé pour faire la sieste, je pensais à ce qui m'attendait le soir. Servir d'appât ne me plaisait guère. Je me sentais dans la peau d'un ver de terre qui devait servir à pêcher un gros poisson.

Le temps s'écoulait lentement.

À quatre heures je suis sorti. Le soir tombait déjà.

Ma place habituelle au café était prise. J'ai commandé un double et je me suis installé à la table la plus proche du comptoir.

J'ai noté la présence de Vania du coin de l'œil. Il était près de la sortie, devant une bouteille de bière.

« Je ne bois pas pendant le travail », avait-il dit le matin.

Un coup d'œil circulaire à la salle m'a permis de constater l'absence de Kostia.

Après un second double, un goût amer m'est monté à la gorge. Encore une heure avant la fermeture. Rien de plus ennuyeux que de rester assis là à ne rien faire. J'ai pris un petit verre de Keglevitch et je me suis senti mieux. Quelques petites gorgées de vodka au melon ont dissipé l'amertume du café. Le temps a légèrement accéléré son cours.

Vers sept heures, la barmaid a commencé à vider l'établissement.

Vania et moi sommes sortis les derniers.

– Marche vers le métro, a murmuré Vania sur le seuil.

L'obscurité enveloppait la rue. Mes semelles résonnaient sourdement sur l'asphalte et, malgré mes efforts, je n'arrivais pas à faire moins de bruit en marchant.

J'ai tourné à gauche, longeant le mur blanc de l'Académie ecclésiastique. À cinquante mètres se trouvait la place des Contrats, éclairée par des lampadaires et par les phares des voitures.

Vania m'a rattrapé.

– À demain à cinq heures au même endroit, a-t-il jeté avant de s'engouffrer dans la bouche de métro.

18

C'était le troisième soir de traque, et l'appât commençait à en avoir assez. La seule vue du café me mettait de l'amertume en bouche. D'ailleurs, ce n'était pas du café que j'étais en train de boire, mais quelque chose de plus fort, histoire de marquer une pause. L'alcool écourtait mon attente et me détendait quelque peu.

Je « photographiais » machinalement chaque client. Deux ou trois jeunes gens ressemblaient à la description de Kostia. Une fois, j'ai même failli me lever, mais celui que j'avais pris pour mon tueur a commandé une bouteille de vodka avant de disparaître dans la deuxième salle. Au bout d'une demi-heure, deux prolétaires sérieusement éméchés l'ont aidé à sortir ; il était complètement ivre.

À sept heures moins vingt, un jeune homme en blouson de cuir est entré. Il s'est arrêté un instant sur le seuil, a regardé autour de lui et s'est dirigé vers le comptoir.

Juste à ce moment, les deux femmes assises en face de moi sont parties. Nerveux, j'ai coulé un regard en direction de Vania, attablé devant sa bière. Il a saisi mon regard et a pianoté sur la table.

Malinine[1] a terminé sa chanson et la cassette a pris fin. Le bruit de la pluie dehors est devenu audible.

« Il ne manquait plus que ça », ai-je pensé. Je n'avais pas emporté de parapluie.

– Je vais bientôt fermer, a annoncé la barmaid avant de remettre du Choufoutinski.

Le nouveau venu s'est installé en face de moi.

Il a posé sa tasse de café et, comme par jeu, l'a fait tourner en la tenant par l'anse. Son blouson était sec. Sans doute la pluie venait-elle seulement de commencer.

Soudain, il m'a regardé fixement. J'ai commencé à me sentir mal. Mes derniers doutes quant à l'identité du jeune homme venaient de s'évaporer.

– Quelle heure est-il ? a-t-il demandé.

– Sept heures moins cinq.

Il m'a remercié d'un hochement de tête, baissant les yeux vers sa tasse.

Mes jambes se sont mises à flageoler. S'il avait été à une autre table, même voisine, je n'aurais peut-être pas éprouvé une telle peur ; je suppose qu'il avait fait exprès de s'asseoir en face de moi.

Certains insectes font semblant d'être morts au moment du danger. J'étais en train de perdre le contrôle de mes nerfs, la peur me plongeait dans une sorte de catatonie. Mais n'étant pas un insecte, cet état ne me sauverait pas.

Le jeune homme me regardait de nouveau et ses lèvres bougeaient légèrement.

1. Autre chanteur populaire de variétés.

À quoi pensait-il ? Peut-être se préparait-il simplement pour son « travail ».

J'ai compris que si je ne me levais pas immédiatement, je n'aurais plus la force de le faire. Ma raison était sur le point de me lâcher.

« Il faut que j'aille pisser. Il faut que j'aille pisser », me répétais-je mentalement pour m'abstraire de la terreur qui paralysait mes membres.

Enfin, je me suis mis debout. La main de Kostia a bougé nerveusement, renversant son café.

Il a redressé la tasse vide. Il n'avait pas bu une seule gorgée.

M'efforçant de marcher lentement, je suis sorti sous la pluie, j'ai fait vingt mètres dans la rue avant d'entrer dans la cour choisie par Vania. La pluie m'empêchait d'entendre si on me suivait.

Dans la cour, je me suis senti acculé.

Tout autour, un espace noir invisible.

Quelque chose a craqué sous mes pieds.

Ma mémoire plus que mes yeux m'a guidé vers le bac à ordures près duquel je me suis figé. Des pas, prudents, hésitants. J'en avais des frissons dans le dos.

Je me suis réfugié derrière le bac, et aussitôt ma peur est redevenue incontrôlable. Les dollars étaient dans ma poche et je ne savais plus qui je devais craindre le plus, Kostia ou Vania, qui avait si facilement accepté le travail sans réclamer d'avance.

Je suis parvenu à distinguer une embrasure de porte dans l'immeuble à moitié démoli. Foulant des briques et du verre brisé, je suis entré et je me suis accroupi.

Encore un crissement de pas. Puis le silence, mêlé au bruissement ralenti de la pluie. Au bout de quelques minutes interminables, quelque chose est tombé : un choc sourd, pas très fort. Et de nouveau le silence.

– Hé, où tu es ? a dit une voix familière, et la lumière d'une lampe de poche m'a vrillé les yeux.

J'ai levé la main pour me protéger.

– Viens par ici ! a appelé Vania.

Il a éclairé ma route pour m'aider à parvenir jusqu'à lui. Lorsque je me suis arrêté à sa hauteur, j'ai vu Kostia, allongé inerte sur le ventre.

– Tu as l'argent ? a demandé Vania.

Je lui ai tendu les dollars préparés d'avance. Il les a comptés rapidement. Puis il s'est penché pour retourner le cadavre. Kostia avait un couteau de chasse planté en pleine poitrine.

Vania a sorti un chiffon de sa veste pour envelopper le couteau entre le manche et le corps, puis il a sorti la lame, l'essuyant en même temps et arrêtant le sang qui coulait de la plaie. Ayant rangé son couteau, il a déboutonné le blouson de cuir du mort, découvrant un pistolet à silencieux que ce dernier portait à sa ceinture.

– Oh ! c'est chouette, ça ! s'est-il exclamé.

Et il a embarqué l'arme avec un soupir de contentement.

– Tu vois, je suis obligé de commencer à zéro ! a-t-il déclaré d'une voix calme, presque amicale, en contemplant la victime à ses pieds. Bon, le reste est à toi.

Ses pas se sont vite confondus avec le bruit de la pluie qui recommençait de plus belle.

Kostia et moi sommes restés seul à seul.

Trempé jusqu'à la moelle, je suis demeuré longtemps sans pouvoir bouger.

Enfin, je me suis arraché à mon inertie et, sans bien comprendre la raison de mon geste, je me suis accroupi pour fouiller les poches du cadavre et en transférer le contenu dans les miennes, sans même le vérifier.

De retour chez moi, j'ai jeté mes vêtements mouillés par terre dans le couloir et je me suis fait couler un bain chaud.

J'avais envie de me laver de toute cette histoire qui venait de prendre fin. Mais les forces me manquaient. L'ivresse me reprenait, ou alors j'avais peut-être attrapé froid. J'avais mal à la tête.

J'ai à peine trouvé la force de m'essuyer et de me traîner jusqu'à mon lit.

19

Je me suis réveillé vers midi. Mon crâne était si lourd que j'ai de nouveau pensé à une grippe. Mais mon front était froid, trop froid. Je me suis levé à grand-peine et j'ai enfilé un survêtement.

Dans le couloir, j'ai trouvé mes vêtements mouillés et sales. À côté, sur le lino brun, mes traces de pas séchées et une flaque crasseuse près de ma veste.

J'ai rempli la baignoire d'eau chaude et j'y ai jeté mes chaussettes, mon pull et mon jean. Ma veste a suivi le même chemin, mais j'en ai d'abord vidé les poches sur la table de la cuisine. J'ai versé un demi-paquet de lessive dans la baignoire, puis je suis allé me préparer du thé bien fort.

Tout en buvant, j'ai examiné les objets qui ne m'appartenaient pas : un portefeuille contenant cinquante dollars, une liasse de coupons et la photographie d'une femme avec un minuscule bébé dans les bras. La femme, une brune aux cheveux courts et aux grands yeux, avait l'air fatigué et maladif, comme si elle venait juste d'accoucher. Il y avait aussi une lettre pliée en deux adressée à Konstantin Choustenko, appartement 325, 22, avenue de la Victoire, Kiev. Le tampon était de Moscou, il n'y avait qu'un gribouillis illisible à la place de l'adresse de l'expéditeur. Je n'avais pas envie de lire une lettre qui ne m'était pas destinée, alors je l'ai mise de côté. J'ai feuilleté le carnet d'adresses et je l'ai posé avec la lettre.

Il s'appelait donc vraiment Kostia. Et alors ? Ça ne changeait rien.

Le téléphone s'est mis à sonner, résonnant aussitôt en écho dans mon crâne.

Je suis allé prendre le combiné, et la voix joyeuse de Lena a jailli dans mon oreille.

– Ah enfin, salut, où étais-tu passé ? Ça fait plusieurs jours que je n'arrive pas à te joindre.

– J'étais parti, ai-je menti.

– Tu veux que je vienne ?

– Oui, mais je suis malade, j'ai pris froid...

– Ça ne fait rien, les pestes comme moi, ça ne craint pas les infections. Je serai là dans une heure.

Je suis revenu dans la cuisine, j'ai mis les papiers de Kostia dans un sachet que j'ai caché dans un coin.

Lena est arrivée plus tôt que prévu.

– Méfie-toi, j'ai peut-être la grippe, lui ai-je dit.

Elle a essayé de me soigner en me faisant l'amour, en résultat de quoi, je lui ai effectivement passé la grippe. Nous nous sommes retrouvés malades, souffrant mille morts sur le canapé-lit, toussant et mesurant notre fièvre à tour de rôle. C'était moins pénible à deux. Lena trouvait même la force de préparer de quoi manger et de nous abreuver de thé au miel.

Au bout d'une semaine, nous avons commencé à nous sentir mieux.

– Je parie que mes vieux ont déjà téléphoné à toutes les morgues de la ville, a-t-elle remarqué un soir.

– Appelle-les donc, dis-leur que tu es en vie.

Lena a pris le téléphone à contrecœur. Elle a juste dit : « C'est moi, je suis en vie. Salut ! » avant de raccrocher.

Puis elle a proposé de faire un saut au magasin : tout ce que mon appartement contenait de comestible avait déjà été mangé.

Nous avons dîné vers minuit. Un repas avec de la viande et du vin. J'ai voulu l'enlacer, mais après m'avoir rendu mon baiser, elle m'a repoussé.

– J'ai mes congés mensuels, a-t-elle expliqué, et j'ai compris.

Nous avons dormi ensemble, nous réchauffant mutuellement. Dehors, le vent soufflait fort. Parfois, les vitres tremblaient. Je faisais des rêves de bourrasques.

Bientôt, la neige se mettrait à tomber et, avec un vent pareil, elle cinglerait douloureusement le visage.

Mon sommeil était léger, et des pensées tissées de nostalgie et de romantisme caressaient mon cerveau, lui fournissant ample pitance de rêves.

20

C'était le premier mardi de novembre.

– J'en ai ma claque d'être malade, a déclaré Lena après le petit déjeuner.

Elle s'est habillée, a rassemblé ses affaires dans son petit sac à dos. En partant, elle a lancé: «Je t'appellerai bientôt!» Elle s'est retournée dans l'escalier, m'a souri et a embrassé de ses lèvres minces la courte distance qui nous séparait.

Je me suis retrouvé seul à nouveau. La fièvre m'avait quitté, Lena aussi.

L'hiver commençait.

Une neige hésitante avait déjà effectué deux galops d'essai, fondant aussitôt.

Je regardais par la fenêtre avec l'impression d'être hors du temps. Il fallait que je le rattrape. Mais de quelle manière?

J'ai choisi la solution la plus simple.

Je me suis rendu à la bibliothèque municipale de mon quartier et je me suis installé près d'un retraité studieux pour feuilleter les journaux des deux dernières semaines. En dernière page de *Kiev Soir*, j'ai remarqué un encadré noir de condoléances à Nikolaï Grigorievitch Choustenko, ancien ingénieur en chef de l'usine Artiom, pour le décès tragique de son fils Konstantin. Dans la *Gazette de Kiev* datée du même jour, j'ai trouvé plus de détails sur l'événement qui m'intéressait. On y indiquait le lieu et l'arme probable du crime. Mais l'hypothèse avancée par l'auteur de l'article était fort éloignée de la réalité. Apparemment, la police aussi était persuadée que Kostia avait été tué en représailles contre son père qui n'était pas seulement un ancien ingénieur en chef: il exerçait les fonctions de directeur de la Bourse indépendante des valeurs immobilières. Peu de temps auparavant, on avait déjà essayé de faire exploser sa voiture et, par deux fois, on avait brûlé la porte de son appartement. Il paraissait parfaitement logique de relier le meurtre de son fils à ces événements.

J'ai parcouru la chronique criminelle des autres jours: le tableau était le même, meurtres, attentats, règlements de comptes sanglants. La banalité quotidienne d'une grande ville.

Il ne s'était donc rien passé d'important à Kiev durant ma maladie. Seule la météo apportait un peu de variété. La neige s'était remise à tomber.

Dire qu'il y a peu, je pensais mourir avant l'hiver. Ce souvenir m'a fait sourire tristement.

J'étais toujours vivant! Mais j'aurais pu me passer de ce stupide intermède qui s'était terminé si tragiquement pour un autre et si heureusement pour moi.

Pour fêter ma survie, j'ai décidé de faire un saut au café de la Bratskaïa.

Il était désert. À l'exception d'une drôle de fille à casquette de cuir noir et veste chinoise gris bleu que j'avais déjà vue là auparavant. Un grand carton à dessin était posé entre le mur et sa chaise.

« Une artiste ! »

Je l'ai abordée.

– Excusez-moi, voulez-vous un verre de Keglevitch ?

Elle m'a dévisagé avec curiosité.

– Oui, j'en veux un, et aussi une barre de chocolat, pendant que vous y êtes.

Je lui ai offert l'un et l'autre. Et j'ai commandé un second verre pour moi. Je me suis assis à sa table, histoire de bavarder, mais elle n'avait pas envie de bavarder. Elle a rapidement vidé sa vodka, a fourré la barre de chocolat dans sa poche et elle s'est levée.

– J'habite loin, dans le quartier de Borchtchagovka, a-t-elle expliqué.

J'ai eu le temps d'apprendre son nom : Ania. Elle était en dernière année des Beaux-Arts. Quelqu'un m'avait dit un jour qu'un type normal n'avait aucune chance d'être admis aux Beaux-Arts. Apparemment, il ne m'avait pas menti. Avec cette seule nuance que les gens bizarres sont toujours plus intéressants que les gens normaux. En leur compagnie, on court parfois certains risques, mais jamais celui de s'ennuyer.

La barmaid m'a mis dehors à six heures et demie.

– Je ne vais tout de même pas rester là pour un seul client !

J'ai dû me rendre à cet argument et je suis parti.

Il neigeait.

21

L'ancienne fête de la Révolution est passée sans qu'on la remarque. Au soir du huit, en rentrant, j'ai croisé un vétéran éméché qui faisait tinter ses médailles près de l'ascenseur. Il n'a pas voulu monter et je l'ai laissé en sentinelle au rez-de-chaussée. Le dernier des Mohicans.

En entrant chez moi, j'ai constaté que la température n'avait pas seulement baissé à l'extérieur. Il ne faisait pas beaucoup plus chaud à l'intérieur. Un souffle glacé s'infiltrait par les fenêtres, se métamorphosait en courant d'air dans le couloir pour s'échapper en sifflant entre les battants de la porte matelassée de skaï noir.

J'ai retiré ma veste d'hiver et j'ai entrepris de calfeutrer mon logement. L'année précédente, tout avait été fait début octobre, à l'instigation de ma femme. À l'époque, c'était elle qui prenait ce genre de décisions et moi qui les exécutais ; elle n'insistait jamais, mais il était plus facile de lui obéir que de supporter ses bouderies. Cette année, l'hiver m'avait surpris inopinément, dans une solitude aussi alternative que le courant électrique ; Lena venait de temps à autre, restait quelques jours, puis disparaissait avant d'appeler à l'improviste, annonçant joyeusement qu'elle serait là dans une heure.

Les dollars du divorce s'amenuisaient lentement. Je ne touchais pas aux cinquante dollars de Kostia, et même si je m'étais trouvé à sec, je n'aurais sans doute pas osé me les approprier. Pas plus que les autres « souvenirs » qu'il m'avait laissés ce soir de pluie. Je les étalais souvent sur la table, je regardais la lettre sans la lire, j'examinais la photo de la femme fatiguée avec son bébé dans les bras. Après ce qui s'était passé, elle devait avoir l'air encore plus fatigué.

Parfois, il me semblait avoir simplement trouvé ce portefeuille quelque part, et l'envie me venait de le rapporter à l'adresse indiquée sur l'enveloppe. Je ne me souvenais plus du moment où j'avais fouillé les poches de Kostia, mais je savais l'avoir fait. Pourtant, l'étrange impression que tout cela était arrivé à un autre ne me quittait pas : j'avais ramassé ce portefeuille dans la rue et je devais le rendre à son propriétaire.

Je regardais encore et encore la photo. Je la contemplais en prenant le thé. Je pensais à elle, la seule victime innocente dans cette histoire. Avec l'enfant, bien entendu, mais plusieurs années passeraient avant qu'il n'en prenne conscience. Je songeais beaucoup moins à Kostia. Vu le métier qu'il s'était choisi, il aurait mal fini tôt ou tard. D'ailleurs, en menant le raisonnement jusqu'au bout, je pouvais me dire que sa mort prématurée avait sauvé de nombreuses vies. Mais c'était du bluff. Elle n'avait fait qu'assurer des contrats supplémentaires à ses collègues.

J'ai calfeutré les fentes des fenêtres avec de la mousse et j'ai collé des bandes de papier journal par-dessus à l'aide d'une pâte à base de farine. Au bout d'une demi-heure, le courant d'air avait disparu. Il ne faisait pas plus chaud pour autant, mais il faut du temps pour tout. Surtout pour que les radiateurs commencent à réchauffer l'air.

Dehors, le soir se prolongeait, froid et morose.

Au matin, les enfants joueraient aux boules de neige, et les adultes téléphoneraient à la police pour qu'on emporte l'ivrogne mort de froid à la station d'autobus. Et la brève journée poursuivrait sa course.

Assis à la table de la cuisine, je prenais le thé, attendant que l'hiver se passe, comme les bateliers attendent la fonte des glaces pour traverser le fleuve.

À quoi pouvait penser la femme de Kostia, ou plutôt sa veuve, en ce moment ? Peut-être regardait-elle aussi par la fenêtre ? À côté d'elle dormait le bébé, trop petit pour garder un souvenir de son père. Il devait avoir chaud sous sa couverture. Mais sa mère souffrait du froid de la solitude.

Peut-être ferais-je un jour sa connaissance. Comme par hasard. J'avais son adresse et sa photo. Je la rencontrerais et j'essayerais de l'aider. Mais comment ?

Et ma femme, que faisait-elle ? Où était-elle ? Avec qui ?

En fait, cela ne m'intéressait plus. Ma femme ne se sentait certainement pas seule.

La fatigue est tombée sur mes épaules comme un lourd manteau. La frontière entre le soir d'hiver et la nuit d'hiver est indiscernable.

En quête d'un peu de chaleur, je suis allé me coucher.

22

Quelques jours ont passé. Mon appartement s'est réchauffé et, désormais, en rentrant de la rue où il faisait moins quinze, je retrouvais tiédeur et confort. L'énorme différence de température des deux côtés de la fenêtre me retenait la plupart du temps à l'intérieur. Cependant, je m'ennuyais, mes activités se limitaient à boire du thé et à lire les petites annonces. Mes journées étaient remplies d'attente, et je n'avais qu'une seule chose à attendre : un coup de téléphone de Lena. Il y avait plus d'une semaine que je ne l'avais pas vue. Généralement, elle appelait vers le soir ; cette fois, il était midi lorsque le téléphone a sonné. Elle m'a annoncé qu'elle avait à nouveau la grippe, qu'elle devait garder la chambre, et qu'elle me rappellerait lorsqu'elle serait guérie. Je n'ai pas eu le temps de m'apitoyer sur ma solitude forcée : le téléphone s'est remis à sonner presque aussitôt.

C'était Dima.

– Passe me voir ce soir, on se réchauffera ensemble.

Vers huit heures, nous nous sommes enfermés dans sa boutique. Il a sorti de quoi manger, a mis de la musique et nous a servi de la vodka au citron.

Il faisait chaud : son appareil de chauffage électrique fonctionnait à pleine puissance.

– Tu es au courant pour Kostia ? a demandé Dima après le deuxième verre.

– J'ai lu ça dans le journal.

– Il est ton débiteur, il n'a pas fait le travail.

– À quoi bon en parler ? Puisqu'il est mort… Et d'ailleurs, ce n'est plus la peine.

J'ai prononcé ces mots avec prudence, prêtant l'oreille à ma propre intonation, craignant d'y percevoir de la fausseté.

Dima m'a regardé droit dans les yeux ; il a léché ses lèvres épaisses. L'espace d'un instant, j'ai eu peur de son regard. Il m'a semblé qu'il savait quelque chose. Je me suis versé un verre supplémentaire que j'ai vidé d'un trait.

Dima a fourré la main dans la poche de sa veste en jean. Il y a fouillé longtemps, si longtemps que, fatigué de ma propre nervosité, je me suis dit : « Advienne que pourra ! S'il me met le dos au mur, je ne nierai pas. »

Enfin, il a sorti la main de sa poche. Avec une liasse de dollars. Il a posé les billets sur la table et m'a de nouveau dévisagé.

– Kostia et moi, on se faisait confiance. Il ne me demandait jamais de le régler d'avance. Si tu veux, je peux trouver quelqu'un d'autre…

– Non, non ! Ce n'est plus la peine.

Il a hoché la tête avec compréhension. Puis il a soupiré et bu un peu de vodka.

– Vous étiez amis ? ai-je prudemment demandé.

– L'amitié, ça n'existe plus. De nos jours, les gens ne sont pas amis, ils ont des relations d'affaires. Kostia était quelqu'un à qui on pouvait faire confiance. Un type normal. On n'y peut rien, c'est la vie... Un autre viendra prendre sa place.

« Un autre viendra prendre sa place ? » Je me suis répété intérieurement les paroles de Dima, me demandant ce qu'il voulait dire au juste. Le sens de cette phrase se dédoublait et même se détriplait, sans que la vodka au citron y soit pour rien.

Je me sentais d'une lucidité écœurante. Alors j'ai rempli mon verre et celui de Dima, déjà passablement pompette.

Les dollars étaient toujours sur la table, mais plus près de sa main que de la mienne. J'aurais préféré qu'ils ne soient plus là. Ils focalisaient mon attention et j'avais de plus en plus de peine à en détacher le regard. Dima l'a remarqué et, dans ses yeux rétrécis par la lumière ou peut-être par la vodka, j'ai remarqué une étincelle d'amusement. Il a sorti de sous le comptoir un grand verre, a vidé son petit verre dedans, a pris la bouteille pour rajouter de la vodka jusqu'à ras bord, m'a regardé avec une ironie amère, a hoché la tête et a bu. Puis il a saisi un billet de vingt dollars entre ses doigts épais et courtauds, l'a roulé en boule et l'a reniflé. Je n'ai pas réagi. Il n'attendait peut-être pas de réaction. Il était ivre. Je l'enviais, il était parti si loin que je ne pouvais plus le rattraper. Surtout que j'avais envie de dormir chez moi cette nuit.

23

Une matinée d'hiver tardive. Je n'avais pas mal au crâne. Je me sentais si frais que c'en était étonnant. J'avais cependant peine à me souvenir de ma conversation de la veille avec Dima, si ce n'est par bribes. Il n'y avait pas que la conversation. Dans ma veste, j'ai trouvé une liasse de dollars, dont un billet de vingt roulé en boule. Comment avaient-ils atterri dans ma poche ? Mystère. Dima avait dû les y mettre, mais comment avais-je pu ne pas m'en apercevoir ? Il était pourtant beaucoup plus ivre que moi !

Une neige duveteuse tombait dans le cadre orné de gel de la fenêtre.

Je prenais mon petit déjeuner et l'horloge tictaquait. Le pain au saucisson craquait sous mes dents. L'eau sur le feu était en train de bouillir.

Je me sentais l'âme en paix. Dima ne savait rien, d'ailleurs, comment aurait-il pu savoir ? Désormais, j'aurais pu lui parler sans crainte, lui poser des questions sur Kostia et sa femme. Sauf que Kostia ne m'intéressait plus. Sa femme, en revanche, dont le visage las me regardait souvent sur la photo, occupait constamment mes pensées. J'avais parfois l'impression de la connaître. Durant ces moments où mon imagination me faisait perdre provisoirement toute notion de la réalité, une étonnante sensation de confiance et de bonheur s'emparait de moi. Je me demandais bien pourquoi.

Le froid rétrécit les objets, j'ai appris ça à l'école. Apparemment, cette règle s'applique aussi à des phénomènes dépourvus de volume. L'hiver contracte les jours. Il rétrécit mon monde, me forçant à rester le plus souvent cloîtré entre quatre murs. La seule chose à se dilater au mépris des lois de la physique, c'est ma solitude.

Ma solitude est partout, jusque dans l'air que je respire. Elle gouverne mes rêves, m'imposant parfois le même plusieurs fois d'affilée et transformant ainsi mon sommeil en leçons de morale. Ces rêves, comme une série télévisée, ont leurs intrigues et leurs personnages, notamment une belle blonde vaporeuse aux yeux verts. Je l'observe avec un grand intérêt, mais au réveil, j'éprouve toujours un sentiment de libération. Ce qui ne signifie pas que je préfère la réalité au rêve. Mais je préfère mes propres rêves éveillés, dont les personnages sont des gens réels, non des héros de bandes dessinées.

Si on envisage la vie comme une lutte contre la solitude, ces exercices de l'imagination constituent un remède efficace et économique.

Je prenais le thé et je pensais à cette femme envers qui j'avais une dette énorme et dont je ne connaissais rien. Même pas le prénom.

Vers le soir, je me suis rendu sur le Podol, décidé à en apprendre le maximum sur la famille que ma récente dépression avait détruite. Il neigeait toujours. Les flocons planaient avec grâce et lenteur. Une atmosphère de conte de Noël, empreinte de calme et de paix. Il y avait plus de monde que d'ordinaire dans le petit espace entre deux rangées de magasins et de kiosques.

En arrivant à proximité de la boutique de Dima, je me suis arrêté, stupéfait. La neige était en train de recouvrir une carcasse calcinée. Les gens passaient, jetant des coups d'œil curieux à ces ruines noircies.

J'étais paralysé de surprise.

Une petite vieille bossue en manteau vert sombre à col d'astrakan noir s'est arrêtée à côté de moi.

– Ça a brûlé ce matin, a-t-elle dit. J'ai tout vu. Un homme a jeté une bouteille d'essence à l'intérieur et un autre qui fumait a lancé sa cigarette ! Il y a eu de grandes flammes. Le vendeur est sorti en courant et s'est roulé dans la neige. Sa veste était en feu.

Mon univers s'est rétréci. Je ne savais pas où chercher Dima. Je ne connaissais ni son téléphone ni son adresse.

J'en ai vite eu assez de regarder les flocons masquer les traces de l'incendie et je me suis dirigé vers la Bratskaïa.

J'avais envie de voir des visages familiers.

Le café était silencieux. Un couple âgé occupait ma table favorite. Ils buvaient de la vodka en silence, d'un air accablé. Il leur était sans doute arrivé un malheur : ils étaient trop bien vêtus pour des alcooliques.

La barmaid a souri en me voyant.

J'ai commandé un verre de Keglevitch et je suis resté jusqu'à la fermeture.

24

Les jours passaient. Personne ne m'appelait. Dehors, le duvet blanc tombait avec une constance exemplaire. Un interminable défilé immaculé.

Lorsque mes yeux s'arrêtaient sur la vitre, ce spectacle me fascinait. Mes pensées, comme effarouchées par la neige, se dissimulaient aussitôt et je restais seul face aux flocons, et mon regard n'était plus celui d'un homme, mais d'un animal, un loup ou un lièvre. Quelque chose se figeait en moi et je pouvais demeurer ainsi dix ou quinze minutes, jusqu'à ce qu'un bruit extérieur vienne distraire mon attention. Alors, l'homme se réveillait ou plutôt ressuscitait en moi. Cet homme avait envie de boire du thé, et allait mettre la bouilloire sur le feu. Ses pensées se remettaient en marche et déterminaient son humeur. Généralement, il pensait à sa solitude, puis aux personnes qui auraient pu l'en tirer mais qui ne se manifestaient pas. Puis aux femmes en général, dont le devoir sacré, selon lui, était de combattre la solitude des hommes. À un certain moment, il soupirait. Une expression du genre «Je délire complètement» s'échappait de sa bouche, après quoi son crâne redevenait vide durant quelque temps. Puis, subrepticement, prudemment, une image féminine s'y immisçait. Il savait de qui il s'agissait. Il ne s'opposait pas à son apparition. Peut-être s'en réjouissait-il même dans une certaine mesure. Il pensait lentement à cette femme. Parfois, il n'y pensait même pas, se contentant simplement de retenir son image en lui.

La neige tombait. Ma solitude s'accumulait beaucoup plus vite que, dans mon enfance, la menue monnaie dans le cochon-tirelire offert par mon père. Je me souvenais du jour où je l'avais cassé et où mon père et moi avions compté mon capital. Ma mère avait beaucoup ri, avec un manque de tact flagrant, parce que l'argent économisé n'aurait même pas suffi pour acheter la moitié d'une tirelire neuve.

J'ai repensé aux dollars rendus par Dima. Je les ai sortis et posés sur la table. Aussitôt, j'ai ressenti le besoin de me laver les mains. Un besoin physique, à croire que ce n'était pas moi qui voulais me laver les mains, mais mes mains qui voulaient être propres. Ce soudain dédoublement m'a fait sourire. Je me suis trouvé terriblement ridicule. Le désir de se laver les mains après avoir touché à de l'argent sale, des dollars de surcroît, semblait tellement littéraire, artificiel, comme si je venais de lire quelque nouvelle moralisatrice remontant à l'époque soviétique.

Je me suis calmé et, après m'être lavé les mains, je me suis mis à réfléchir. J'ai essayé de déterminer quelle relation existait entre ces dollars et moi, et j'ai fini par comprendre *qu'ils ne m'appartenaient pas*. C'était aussi simple que ça. Dès que j'en ai pris conscience, ma répulsion à leur égard a disparu. Ainsi que l'étrange démangeaison de mes doigts. Quelle importance que ce soit « de l'argent sale » ? L'argent est toujours sale, à l'exception de celui qui vient d'être imprimé. Les billets de banque passent fatalement par des mains d'escrocs, de criminels, de prévaricateurs. C'est le destin de tout moyen de paiement quel qu'il soit.

Cet argent n'était pas à moi et je savais à qui il appartenait. Sa restitution n'était qu'une affaire de temps et de détermination.

Il neigeait toujours. Je ne pensais plus à l'argent. Je pensais à la femme à qui il revenait de droit et qui l'ignorait encore. Sa photo reposait devant mes yeux. Près d'une tasse de thé refroidi.

Le soir tombait sur la ville en même temps que les flocons.

25

Deux jours encore se sont écoulés sous le signe de la solitude et de la neige, au cours desquels j'ai rassemblé mes forces pour accomplir le devoir que je m'étais fixé.

J'ai rangé dans une enveloppe les dollars de Dima et ceux pris dans le portefeuille de Kostia. J'ai recopié l'adresse de ce dernier et je suis sorti de chez moi vers midi. J'ai décidé d'y aller à pied. Selon mes calculs, c'était au maximum à une heure et demie de marche.

L'air frais me vivifiait le visage.

Je marchais sans hâte, ce qui ne s'accordait pas vraiment avec ma détermination du matin. Je suis passé devant une cafétéria ; des gens étaient attablés derrière la vitrine. Je suis entré. Il n'y avait pas grand monde aux caisses.

J'ai bu lentement mon café. Il était amer, trop torréfié. J'aurais pu m'abstenir de le boire. Mais je l'ai fait durer avec un plaisir masochiste.

Lorsque j'ai trouvé l'immeuble et l'escalier, l'espoir m'est venu qu'il n'y aurait personne derrière la porte en contreplaqué peinte en bleu. J'ai pressé la sonnette. « Je reste une minute et je m'en vais », me suis-je dit.

Des pas se sont fait entendre et je me suis figé dans une attente anxieuse.

On m'a longtemps observé par le judas. Puis une voix de femme a prudemment demandé :

– Qui cherchez-vous ?

Je ne m'attendais pas à cette question. J'ai regardé le judas en me disant que ces trucs-là déforment toujours la tête des gens.

– Je… je suis un ami de Kostia, ai-je répondu sur un ton mal assuré.

La porte s'est entrouverte. Un visage rendu familier par la photo me regardait, sauf qu'il ne portait nulle trace de fatigue. Et ses cheveux étaient plus longs. De beaux cheveux châtains qui descendaient jusqu'aux épaules. Elle portait une longue jupe noire et un petit pull de laine rouge pâle. Pas le genre de tenue qu'on met pour rester chez soi. Elle s'apprêtait peut-être à sortir. Ça m'a réjoui, je ne sais pourquoi.

– Je lui devais de l'argent… Vous comprenez… Excusez-moi, je ne connais pas votre nom.

Mon ton était si timide que son visage est devenu moins tendu ; à son regard, j'ai compris qu'elle allait m'inviter à entrer.

– Marina.

Elle m'a tendu la main.

Je me suis nommé.

– Entrez, a-t-elle dit en reculant. Mais ne faites pas de bruit. Micha dort.

Elle m'a fait asseoir dans la cuisine.

– Vous voulez du café ?

– Oui... Je regrette beaucoup ce qui est arrivé à Kostia... Ça doit être bien difficile pour vous.

Elle était debout près de la cuisinière. Quand j'ai prononcé cette phrase, elle s'est retournée pour me regarder avec des yeux écarquillés.

– Vous savez, a-t-elle dit d'une voix lasse, avec de longues pauses entre les mots... C'est étrange... Vous êtes la première personne qui m'ait simplement présenté ses condoléances... Quand on l'a tué, beaucoup de gens ont téléphoné. Ils voulaient avoir confirmation de sa mort. Comme s'ils n'y croyaient pas, comme s'ils s'imaginaient qu'on les trompait. Il y avait du mécontentement dans leurs voix. Ils étaient très mécontents qu'il soit mort. Mais aucun n'a exprimé le moindre regret ni la moindre compassion, personne n'a demandé comment je me débrouillais sans lui... Vous le connaissiez bien ?

– Non, à franchement parler, pas très bien... Nous étions en affaires...

J'ai sorti l'enveloppe de ma poche et l'ai posée sur la table.

– Je savais qu'on pouvait compter sur lui... Il était toujours prêt à donner un coup de main... Voilà...

Marina m'écoutait sans me regarder. Elle préparait le café. J'avais d'autant plus de mal à parler. Je me suis tu.

Le silence a duré deux ou trois minutes. Puis elle s'est assise en face de moi.

Nous avons pris le café.

Elle regardait l'enveloppe. Elle a fini par jeter un coup d'œil à l'intérieur.

J'attendais une réaction, peut-être de la reconnaissance, sinon des paroles, du moins un regard. Mais pas un muscle de son visage n'a frémi.

– C'est difficile, très difficile sans lui, a-t-elle dit lentement en baissant la tête. Avec lui aussi, c'était parfois difficile, mais pas à ce point… Je suis en train de devenir folle. Notre enfant est encore tout petit, impossible de le promener par un froid pareil… Et je ne peux pas le laisser seul. Les parents de Kostia ne me téléphonent pas. Ils s'imaginent que je les hais à cause de ce qui est arrivé.

– Peut-être pourrais-je faire quelque chose pour vous aider ?

– Merci, a-t-elle dit. Il faut que l'hiver se passe, ensuite ça ira mieux.

Je la regardais. Elle fixait la table. Elle était plus belle que sur sa photographie, beaucoup plus belle. Ce qui n'avait rien d'étonnant, pas seulement parce que la photo était en noir et blanc et que les couleurs dont mon imagination se servait pour prêter vie à son visage évoquaient une retouche à l'ancienne. Cependant, la fatigue, que je n'avais pas remarquée dans un premier temps, était encore présente. Dans sa voix, ses gestes, sa façon d'être assise.

Ma tasse était vide.

Je me suis levé.

– Permettez que je vous laisse mon téléphone. Au cas où vous auriez besoin d'aide.

Elle a accepté et j'ai noté mon numéro dans son carnet d'adresses.

J'ai pris rapidement congé et je suis parti.

Une fois dehors, je me suis souvenu que je n'avais pas son numéro. Je me suis retourné pour regarder le vieil immeuble de quatre étages où elle vivait. Je n'avais même pas fait attention à la vue de la fenêtre. Quelle importance, d'ailleurs ? Tant pis si je n'ai pas son téléphone. Peut-être m'appellera-t-elle un jour ?

26

Je n'aurais jamais cru que le sentiment du devoir accompli puisse à ce point influencer mon humeur. C'est une idée qui me paraissait trop livresque, trop édifiante. Et voilà qu'à trente-cinq ans, je venais de comprendre ce que signifiait vraiment le mot « devoir ». Je me sentais l'âme en paix. J'étais content de moi.

Sans doute pour cette raison, le matin suivant a commencé pour moi bien plus tôt qu'à l'ordinaire. Je faisais les cent pas dans mon petit appartement, débordant d'une énergie dont je ne savais que faire.

L'obscurité régnait encore, mais les fenêtres allumées de l'immeuble d'en face semblaient accélérer l'arrivée de l'aube.

Un jour nouveau commençait.

J'avais envie de quelque chose de neuf. Une nouvelle vie ? De nouvelles sensations ? Je l'ignore. De nouvelles illusions, plutôt.

J'assistais au lever de rideau de la nature, ce qui renforçait mon assurance que ce jour serait vraiment inédit et apporterait du renouveau dans ma vie. Le ciel sans nuages se révélait d'un azur suave. Le soleil, invisible de ma fenêtre, déposait sur la neige étincelante ses tendres rayons jaunes. On avait éteint la lumière dans l'immeuble d'en face. J'ai regardé l'horloge : il était dix heures moins le quart.

La journée a déçu mes attentes. Le soir, Lena a téléphoné.

– Déjà guérie ? ai-je demandé.

– Oui. Tu t'es ennuyé de moi ?

– Je me suis senti très seul.

– Vraiment ? s'est-elle exclamée d'une voix réjouie. Je peux venir, si tu veux.

J'aurais préféré entendre son habituel « Je serai là dans une heure » plutôt que cette demande de confirmation.

– Bien sûr, viens, ai-je répondu.

– Tu as une drôle de voix aujourd'hui, a-t-elle remarqué, pensive, avant d'ajouter : Je serai là dans une heure.

Elle a raccroché.

Je me suis installé à la table de la cuisine pour l'attendre. Et pendant que j'attendais, mon désir de la voir et de l'enlacer augmentait. J'étais fâché contre elle, fâché d'être demeuré seul si longtemps. Mais dix minutes après son appel, je lui avais déjà pardonné. Parce qu'elle avait besoin de moi malgré tout. Peut-être pensait-elle la même chose à mon égard, que j'avais besoin d'elle. Et peut-être s'était-elle enfin souvenue de moi pour cette raison. Mais le caractère périodique et épisodique de nos relations présageait mal de leur avenir. Sa double vie et son double prénom me donnaient l'impression de ne la posséder qu'à moitié lorsque nous couchions ensemble. « Et alors ? répliquait une voix intérieure. La devise "Tout ou rien" n'amène rien de bon. Généralement, ceux qui veulent tout se retrouvent sans rien. » Moi non plus, je n'étais pas prêt à me donner entièrement à quelqu'un d'autre, même pas à une femme.

La sonnette de l'entrée a interrompu mes réflexions ; j'ai bondi, étonné de l'ampleur de ma joie et de l'élan avec lequel j'ai ouvert la porte.

Je l'embrassais et l'enlaçais sur le seuil tandis qu'elle se débattait en riant.

– Laisse-moi le temps d'enlever ma veste ! Je ne vais pas partir tout de suite.

Elle paraissait vraiment heureuse de ma réaction.

Enfin, je l'ai lâchée, elle a retiré sa longue veste noire au capuchon bordé de fourrure. En dessous, elle portait un pantalon noir et un pull émeraude. Elle a accroché sa veste au portemanteau et à son tour s'est pendue à mon cou.

– Alors c'est vrai ? Tu t'es ennuyé de moi ?

Une fois apaisées les passions déchaînées par ma longue solitude, elle a sorti de son sac une bouteille de champagne et diverses provisions. Lorsqu'elle les a étalées sur la table de la cuisine, j'ai compris que j'avais faim. Depuis deux semaines, je me nourrissais fort mal, essentiellement de sandwichs au saucisson cuit. Suite à ma paresse, même les pommes de terre sautées étaient devenues pour moi un plat de roi. Or sur la table, il y avait un bâton de salami, une baguette à la française, un paquet de beurre, des gâteaux turcs…

– Ma parole, c'est de l'aide humanitaire ! me suis-je exclamé. Merci !

Elle continuait de sourire.

– Que veux-tu que je fasse de toi le ventre vide ?

– Et que veux-tu faire de moi le ventre plein ?

– A-a-ah ! Ça, je te le dirai après, lorsque tu auras mangé. À quand remonte ton dernier repas ?

– Mon dernier repas ? Il date de deux semaines, ai-je avoué. Mon dernier casse-croûte remonte à ce matin.

– Eh bien, sors les couteaux et les fourchettes. Tu as des pommes de terre ?

– Il doit m'en rester deux kilos…

– Bon, a-t-elle déclaré d'une voix décidée, aujourd'hui, c'est fête. Dès demain, tu iras racheter des patates. Range le champagne en haut du frigo. Tu as de la place ?

– Ce n'est pas ce qui manque.

J'ai ouvert mon réfrigérateur pour lui montrer le vide qui régnait à l'intérieur.

– Ben dis donc, a soupiré Lena en secouant la tête.

Une demi-heure plus tard, le festin était prêt et la table servie. J'ai sorti deux verres en cristal.

– Il ne manque plus qu'un bouquet de fleurs, a remarqué Lena, rêveuse, en inspectant l'appétissante nature morte qu'elle avait créée de ses mains.

J'ai baissé la tête d'un air penaud.

– Mais non, ce n'est pas grave. J'ai dit ça en passant. C'est pourtant vrai que tu n'as jamais pensé à m'offrir des fleurs. Pas une seule fois.

– Je ne sais jamais quand tu vas venir.

Nous avons commencé notre dîner par le champagne.

– À quoi buvons-nous ? ai-je demandé en levant mon verre.

– À nous ! a dit Lena. Pour que tout aille bien pour nous. Que nous ne soyons pas malades.

Des pommes de terre cuites, de fines tranches ambrées de salami, du pain croustillant avec du beurre. La félicité du ventre se mêlait à celle de l'âme, et une atmosphère de joie physique débordante remplissait mon petit appartement.

– Ton magnétophone marche ? a demandé Lena.

– Je suppose. Il y a longtemps que je ne m'en suis pas servi.

Elle a sorti une cassette de son sac.

– Tiens, mets ça.

Je suis allé dans la chambre, j'ai mis la cassette et je suis revenu. La musique n'a retenti qu'au bout de deux minutes. Ma fourchette est demeurée suspendue en l'air avec une tranche de salami au bout. J'ai regardé Lena avec étonnement. Elle a souri d'un air malicieux.

– C'est du Corelli… Si ça ne te plaît pas, il y a du rap de l'autre côté, « Kar man » et Boulanova.

– Si, ça me plaît. Seulement, je n'aurais jamais pensé que tu aimais la musique classique.

– Je ne sais pas si j'aime ça ou non. J'ai envie d'en écouter de temps en temps. De la musique pure, c'est comme un médicament. Ça me calme quand je suis énervée.

– Tu es souvent énervée ?

Elle a haussé les épaules.

– Non. Ça m'arrive parfois. Comme à tout le monde. Toi aussi, quand je t'ai appelé aujourd'hui, tu avais une voix énervée. Ne me dis pas le contraire.

J'ai acquiescé.

– Il y avait une raison ?

– Hier, je suis allé rembourser une dette… L'un de mes amis s'est fait descendre ; je lui avais emprunté de l'argent ; alors hier, je suis allé le rapporter à sa veuve… Tu comprends, j'avais peur d'y aller…

Lena a hoché la tête avec compréhension.

– Il y a un mois, l'une de mes copines s'est fait tuer. Un type ivre l'a emmenée chez lui et l'a étranglée. Elle me prêtait des bouquins, ses vieux ont une belle bibliothèque… Mais je n'ai pas l'intention d'aller les voir. Tant pis, je garde les livres. C'est trop moche. Elle venait de fêter ses dix-huit ans. Ses vieux avaient préparé un vrai festin…

– Parlons d'autre chose.

Elle a approuvé. Le sourire est revenu sur son visage.

– Allez, verse !

Il ne restait presque plus de champagne, mais je gardais en réserve de l'eau de vie de prune importée de Hongrie, garantie que la fête pourrait continuer.

– À quoi buvons-nous ? ai-je demandé une nouvelle fois.

– À nous ! a dit Lena.

– Tu as déjà porté ce toast.

– Les bonnes choses doivent se répéter.

Elle m'a regardé dans les yeux et a souri à nouveau ; cette fois son sourire était plein d'assurance.

Nous nous sommes couchés à minuit passé et nous nous sommes endormis vers le matin. L'énergie qui bouillonnait en moi a enfin trouvé à s'exprimer. Lena n'en avait pas moins, peut-être même plus que moi, car tandis que mes mains étaient déjà fatiguées des étreintes et que la somnolence gagnait mon esprit, les siennes continuaient de me caresser et ses lèvres se pressaient encore contre mes épaules et mon cou. J'étais étendu immobile, comme vaincu par elle.

27
Décembre

Décembre s'étendait au-dehors, couvert de neige croustillante. Son souffle givré pénétrait à travers le vasistas ouvert et remplissait mon appartement de fraîcheur.

Lena était installée chez moi depuis trois jours, ce qui nous plaisait à tous deux, sans doute de manière différente. De temps à autre, la pensée attristante me venait à l'esprit que de telles périodes de félicité avaient toujours été interrompues par le passé et que je m'étais chaque fois retrouvé seul dans l'appartement encore rempli de l'écho de sa présence. L'âme progressivement accablée d'une solitude grandissante et jetant des regards implorants au téléphone muet, comme si j'en attendais de l'aide. J'essayais de chasser ces images pour éviter qu'elles ne gâchent mon plaisir. Ou plutôt notre plaisir mutuel.

Je voyais bien que Lena n'appréciait pas moins que moi l'illusion de notre vie commune. Plusieurs fois par jour, je mettais la cassette de Corelli. Non, ma jeune compagne n'était pas énervée et n'avait pas besoin de son action apaisante. Simplement, la tendresse des violons s'accordait bien à l'atmosphère de notre contentement mutuel. Cette musique aidait à combattre mes pensées insistantes sur le caractère éphémère de ces moments de bonheur.

J'avais déjà compris ce que je voulais. Une stabilité des plus banales. Pour me sentir heureux, j'avais besoin d'être en concordance et en coïncidence avec une femme. Les deux conditions étaient remplies dans nos rapports, et seul son mystérieux planning troublait notre idylle. Que j'étais peut-être le seul à vouloir parfaire. Peut-être considérait-elle nos relations comme une sorte de drogue qui l'aidait à vivre durant les autres moments de sa vie dont j'ignorais le contenu.

Je n'osais lui en demander davantage. Il fallait que je trouve une occupation susceptible de me distraire de son absence. À condition que cette absence soit provisoire.

– Il y aura des pommes de terre frites pour le dîner, a-t-elle annoncé d'un ton triomphant.

Puis elle a regardé par la fenêtre.

– Aucune exclamation d'enthousiasme… Tu m'as l'air aussi morne que ce jour d'hiver… Hé, tu m'entends, espèce de paysan ?

– Oui.

– Je me souviens des vers de Nekrassov qu'on apprenait à l'école. « C'est l'hiver, les paysans heureux… » Je me disais alors que les paysans vivaient bien avant la révolution, ils pouvaient se reposer en hiver.

– Où vois-tu des paysans? ai-je demandé en m'approchant.

– Imagine, une isba de village, la fumée monte du toit, il fait chaud à l'intérieur et nous buvons du thé en mangeant de la confiture de fraises.

– Ma mie et moi près du samovar, ai-je chantonné, puis j'ai poussé un soupir.

Le téléphone s'est mis à sonner, à mon grand étonnement: Lena était là, qui d'autre pouvait m'appeler? Peut-être Dima?

– Allô, bonjour. Pourrais-je parler à Tolia? a demandé une voix de femme.

– C'est moi.

– Excusez-moi de vous déranger... C'est Marina, vous vous souvenez, vous êtes passé me voir... La femme de Kostia.

– Oui, bien sûr.

– Vous comprenez... Ça me gêne énormément... Mais je n'ai personne d'autre à qui m'adresser. Pourriez-vous venir aujourd'hui vers six heures?

– Oui, je pense, ai-je prudemment répondu. En quoi puis-je vous aider?

Marina a hésité, j'entendais son souffle à l'autre bout du fil; j'ai patiemment attendu pendant qu'elle cherchait ce qu'elle allait me dire. Je me souvenais de notre conversation et de ses longues pauses qui transformaient parfois chacun de ses mots en une phrase séparée.

– Il faut absolument que je m'absente aujourd'hui... pour deux heures... c'est très important... Et je n'ai personne pour garder Micha.

– A-ah! ai-je balbutié, interloqué.

– Ça ne vous dérange pas trop? a-t-elle demandé d'une voix tendue par l'inquiétude.

– Non, non, je viendrai à six heures.

Elle a soupiré de soulagement.

– Merci beaucoup.

J'ai raccroché, mais je suis demeuré figé près du téléphone, quelque peu abasourdi.

– Qui était-ce ? a demandé Lena.

– Marina. Je t'ai parlé d'elle, tu te souviens, la veuve de cet ami à qui je devais de l'argent.

– Et que voulait-elle ?

– Que je garde son bébé.

– Toi ? Tu sais changer les couches ?

Elle a éclaté de rire.

Je ne trouvais pas ça drôle.

Lena m'a tapoté l'épaule.

– Je suis sûre que tu t'en sortiras très bien. Quel âge a-t-il ?

– Quelques mois.

– Tu supportes les pleurs ?

– Je n'ai jamais essayé d'en supporter.

J'étais perplexe. Et puis l'appel de Marina s'était immiscé de manière un peu agressive dans notre petit monde. Il avait détruit quelque chose, pas seulement le silence. Il m'avait brutalement rappelé Kostia et toute cette histoire. Mes pensées sont revenues au passé récent, comme si elles y cherchaient quelque chose. Durant quelques instants, j'ai totalement oublié Lena, mais je me suis repris et, pour résister plus facilement aux souvenirs, je me suis rapproché d'elle. Je regardais son visage, essayant d'effacer le reste de mon esprit.

– Que t'arrive-t-il ? a-t-elle demandé. Tu as les mains qui tremblent.

– Enlace-moi.

Hors d'état de sourire, j'ai prononcé ces mots le plus tendrement possible, pour que le ton de ma voix compense l'expression de mon visage.

Nous sommes restés plusieurs minutes serrés l'un contre l'autre. Je respirais l'odeur de ses cheveux, murmurant comme une incantation apaisante : « Je t'aime ! Je t'aime ! », sans songer au sens de ces mots. Un peu plus tard, j'ai compris que Lena exerçait sur moi le même effet que la musique de Corelli produisait sur elle. Elle était mon calmant et mon calme personnifié. Quant à ce « Je t'aime », il n'était que la plus haute expression de ma gratitude. Comme un million de « merci » concentrés dans cette seule petite phrase. Je n'inventais rien, je venais seulement de comprendre le sens de ces mots, généralement employés hors de propos, dans des situations qui exigeaient des paroles plus simples et plus banales.

Je me sentais à nouveau heureux, mais Lena, que je continuais à serrer contre moi, ne pouvait pas encore voir mon sourire.

28
Le soir

Il faisait déjà sombre quand je suis arrivé devant l'immeuble de Marina. Elle a ouvert la porte instantanément, à peine ai-je pressé la sonnette. Je n'avais pas eu le temps de baisser le bras. À croire qu'elle me guettait par le judas.

– C'est bien que vous soyez venu, s'est-elle exclamée. Entrez, débarrassez-vous. Il faut que je sorte dans cinq minutes. Vous pouvez suspendre votre veste ici, vous n'avez pas froid, vêtu comme ça ? Tenez, voilà des pantoufles…

J'ai retiré mes chaussures.

– Je vais vous préparer du café… Passons à la cuisine. Je suis si contente que vous ayez pu vous libérer… Je suis tellement fatiguée, et aujourd'hui il faut absolument que j'aille… J'ai d'abord pensé appeler une amie pour garder Micha, mais je n'ai encore vu personne depuis les funérailles, et j'ai eu peur des souvenirs, des larmes…

On voyait bien que Marina était pressée, elle parlait sans s'écouter, de manière rapide et confuse.

Elle portait un jean et une veste assortie par-dessus un pull vert. J'ai remarqué qu'elle avait les yeux noisette. Une odeur douceâtre de parfum flottait dans l'air, plus forte même que l'arôme du café montant de la petite tasse en porcelaine que je tenais déjà.

– Il faudra donner à manger au petit à sept heures, le biberon est là, au-dessus du radiateur... Si vous avez faim, ne vous gênez surtout pas, tout ce que vous trouverez dans le réfrigérateur est pour vous... Je reviendrai à huit heures. Oui, s'il se met à pleurer, il y a des couches jetables sous le lit, c'est très facile, le mode d'emploi est expliqué sur la boîte.

Elle m'a fait entrer dans la chambre pour me montrer le bébé endormi.

– Et s'il ne se réveille pas à sept heures? ai-je demandé prudemment.

– Il se réveillera. Les jeunes enfants sont comme le chien de Pavlov. Lorsqu'ils ont l'habitude d'un horaire précis, ils veillent à ce que les adultes le respectent... Eh bien, au revoir.

La porte a claqué derrière elle, et je me suis retrouvé dans le silence de cet appartement étranger. Jadis, j'avais vécu avec mes parents dans un deux-pièces du même type, sauf qu'il était situé au quatrième et dernier étage. Le reste était identique: deux pièces communicantes, des toilettes minuscules, une salle de bains au plafond assombri par l'humidité suintante et une cuisine éclairée d'une petite fenêtre; en dessous trônait une table en plastique que le modeste génie du designer de service avait parsemée de feuilles d'érable couleur salade pâle. Le plastique était bordé d'aluminium sous lequel s'accumulaient les miettes et la saleté.

Cependant, cet appartement était beaucoup mieux tenu que ne l'était le nôtre. Les plafonds étaient blancs, les portes en contreplaqué avaient été repeintes. La seconde pièce était fermée, mais elle servait sans aucun doute de chambre à coucher.

Après avoir jeté un coup d'œil autour de moi, je suis allé m'asseoir sur le divan. J'ai regardé le lit d'enfant avec une bonne marge de réserve, et le bébé endormi qui n'occupait que le tiers de sa surface et qui s'appelait Micha. L'espace d'un instant, j'ai éprouvé un sentiment de paix, comme si je me trouvais chez moi et que tout allait bien, que je vivais comme des millions d'autres gens, que cet enfant était le mien, de même que le téléviseur Electron placé dans un coin de la pièce près du balcon, et les vases en cristal dans le buffet made in Germany, et les aventures jamais lues des Trois Mousquetaires en trois volumes, et, jamais lues non plus mais joliment éditées en deux tomes et deux millions d'exemplaires, les œuvres de Pouchkine, substitut soviétique de la Bible. Mais cet instant est passé, je me suis à nouveau retrouvé dans un appartement inconnu, fixant le réveil posé sur le téléviseur. Il restait une heure et cinquante minutes avant le retour prévu de Marina. Lena était-elle déjà en train de préparer le dîner? Elle avait promis de faire des frites. La vie manque d'originalité: douze ans plus tôt, j'avais une amie qui préparait régulièrement des frites. C'était si ancien que je ne me souvenais même plus de son visage.

Je me suis levé pour faire un tour dans la pièce. J'ai remarqué une couche de poussière sur la surface polie du téléviseur, pas trop épaisse, mais assez pour pouvoir y dessiner du doigt. J'ai tracé le mot « Bonsoir » en lettres rondes près du réveil tictaquant. Je suis allé à la cuisine, j'ai trouvé un paquet de thé indien sur l'étagère au-dessus de la cuisinière et j'ai mis la bouilloire sur le feu.

Apparemment, pour se familiariser avec un appartement, il convenait de commencer par la cuisine. Je m'y sentais mieux. Peut-être parce que j'y avais déjà séjourné lors de ma première visite ? J'ai choisi la même place pour m'asseoir, à droite de la fenêtre. La bouilloire s'est mise à chanter, et ce bruit familier s'est délicatement immiscé dans le silence, l'adoucissant, le rendant plus douillet. Dehors, le soir de décembre dépourvu de vent écoutait le tohu-bohu des tramways. Des feux jaunes parsemaient l'obscurité et l'un d'eux – le lampadaire le plus proche – éclairait des arbres nus et une voiture blanche de marque Jigouli garée devant l'immeuble.

Le thé fort a accéléré le cours du temps et, lorsque je suis revenu dans le séjour, le réveil indiquait sept heures moins le quart. Le bébé dormait toujours.

À sept heures, j'ai rapporté le biberon de la cuisine et je me suis penché au-dessus du lit d'enfant. Les yeux du petit Micha étaient toujours fermés. J'ai souri en pensant à ce que m'avait dit Marina en partant.

Quant à moi, j'avais faim, je suis allé remettre le biberon sur le radiateur et j'ai inspecté le contenu du frigo. Il y avait tout ce qu'il fallait pour un en-cas : du beurre, du fromage, du saucisson, mais aucun plat. Marina ne devait pas faire très souvent la cuisine. J'ai refait du thé, je me suis préparé deux sandwichs et je suis allé me rasseoir près de la fenêtre. Le téléphone a sonné, et je suis sorti prendre le combiné dans le couloir.

– Allô, allô…

En réponse, j'ai entendu respirer à l'autre bout du fil.

J'ai raccroché et je suis revenu dans la cuisine. Celui qui appelait avait sans doute cru s'être trompé de numéro en entendant ma voix.

J'ai bu et j'ai mangé ; le temps a passé assez vite.

Au bout d'une demi-heure, j'ai repris le biberon pour aller voir le bébé. Il dormait toujours, et je n'ai pas osé le réveiller. J'ai téléphoné chez moi pour demander conseil à Lena.

– Surtout, ne te mets pas martel en tête ! a-t-elle déclaré. Pour le moment, il a plus envie de dormir que de manger. Lorsqu'il aura vraiment faim, tu l'entendras. À propos, j'ai déjà épluché les pommes de terre.

– Marina doit revenir dans une demi-heure. Dès qu'elle est là, je rentre.

Le cours du temps s'est ralenti et j'ai commencé à éprouver un sentiment d'irritation. C'était sans doute le silence qui me faisait cet effet. Il régnait en maître et je ne le troublais en aucune manière, preuve de son pouvoir sur moi. Déguisé en « paix », en crainte de réveiller le bébé qui aurait dû manifester depuis longtemps sa faim par des hurlements perçants.

Il se tait, comme soumis lui aussi au silence. Je m'incline de nouveau, j'effleure du bout des doigts sa joue tiède, légèrement humide. Il dort. J'observe ce visage minuscule, encore dépourvu de traits. À qui va-t-il ressembler ? À qui ressemble-t-il maintenant ? À cet âge-là, les enfants ressemblent les uns aux autres… Mais voilà que je commence à chercher des yeux la photo de Kostia. Je voudrais la comparer au bébé. Sa photo doit forcément être quelque part, avec une bande noire coupant l'un des coins : le sceau de la mort. Il n'y a de photo nulle part. Pas la moindre photo ; sur l'étagère en bas du buffet, il n'y a que des livres… Peut-être a-t-elle enlevé les photographies qui lui rappelaient trop le passé ? Elle doit pourtant en avoir conservé au moins une dans la chambre à coucher.

J'entre prudemment dans la chambre, j'allume la lumière et découvre un large lit en bois et une table de chevet où se trouvent seulement un poste de radio, un petit réveil, un miroir rond et une pile de magazines – la revue de mode *Burda* est sur le dessus. Un livre est posé sur l'oreiller avec une lettre en guise de marque-pages. Je m'approche, curieux de voir ce qu'elle est en train de lire. Heinrich Böll, *La Maison sans maître.* Seigneur ! n'est-ce pas stupide de lire ce livre et de dissimuler les photos de son mari mort ?

Je hoche la tête et soudain, je me souviens de l'heure. Le réveil indique huit heures cinq. J'éteins et je reviens dans le séjour.

Le bébé n'est toujours pas réveillé, à mon grand agacement. Mais bon. Sa mère va rentrer d'un instant à l'autre, elle aura tout le loisir de le nourrir et de le pouponner. Et moi je vais rentrer manger des frites. J'ai de nouveau un creux.

Je vais m'asseoir dans un fauteuil et je supporte stoïquement le silence dans l'attente d'un bruit de clé et d'un grincement de porte. Mais le réveil sur le téléviseur continue de scander les minutes et aucun autre bruit ne se manifeste. Je me sens devenir fou. J'ai l'impression que le bébé fait seulement semblant d'être endormi. Il me déteste et refuse que je lui donne à manger. Bien sûr, c'est du délire. À cet âge, un enfant ne se soucie guère de qui le nourrit. L'important, c'est qu'on le nourrisse. Je me calme pour quelques minutes, mais un nouveau coup d'œil au réveil me plonge dans un état proche de l'hystérie. Huit heures vingt. Je devrais déjà être chez moi.

Je vais téléphoner.

– Qu'est-ce que tu fabriques ? s'étonne Lena.

– Elle n'est toujours pas rentrée. Qu'est-ce que je dois faire ?

Le seul fait de parler à Lena transforme ma colère en simple inquiétude.

– Voilà qui s'appelle être une bonne mère ! Elle n'a pas téléphoné ?

– Non.

– Que veux-tu y faire ?

Je crois la voir hausser les épaules.

– Tu ne peux tout de même pas laisser le gosse sans surveillance. Attends-la. Moi, j'ai faim, je vais dîner sans toi. Je te promets de t'en laisser.

– Il faut peut-être que je réveille le bébé ? Il est vraiment temps qu'il mange.

– C'est à moi que tu demandes ça ? Je ne suis pas pédiatre. Réveille-le si ça te chante.

Je me hâte de terminer la conversation sur une note apaisante.

– Bon, au revoir.

– Je t'embrasse, répond-elle avant de raccrocher.

Je suis revenu dans le séjour et j'ai constaté que les yeux de l'enfant étaient ouverts. Il me regardait en remuant les lèvres. Avec un soupir de soulagement, je suis allé chercher le biberon. Je l'ai agité devant son nez, m'attendant à un semblant de sourire, mais son expression n'a pas changé. Ses yeux se sont seulement agrandis. J'ai approché le biberon, mais il a fait mine de ne pas le remarquer. Il me fixait et, dans son regard minuscule – je ne distinguais même pas ses pupilles –, il m'a semblé percevoir une froide hostilité. J'ai essayé de lui fourrer le biberon dans la bouche, mais elle refusait de s'ouvrir.

« Tant pis pour toi, ai-je pensé. Si tu préfères jeûner, ça te regarde. Moi, je dois ménager mes nerfs, ils sont déjà suffisamment malmenés ces derniers temps. »

J'ai rapporté le biberon à la cuisine et je me suis rassis à la table. Si j'avais fumé, une cigarette aurait été la bienvenue, mais Dieu m'avait préservé de ce vice. Le café ou l'alcool auraient également pu me distraire. Cependant je n'avais pas envie de café. J'avais remarqué une bouteille de cognac entamée dans le réfrigérateur, mais je n'avais pas envie de cognac non plus.

Le silence de la cuisine, encore imprégné de parfum, semblait en souligner la présence, exacerbant l'odorat par l'absence de bruit. J'aurais voulu de fermer les yeux, mais pas pour dormir. J'étais seulement las de voir cet appartement, ce bébé qui m'irritait et m'effrayait par son mutisme et son immobilité. Alors, j'ai baissé les paupières et j'ai pensé : « Mon Dieu, mais qu'est-ce que je fais ici ? » Aussitôt, comme si Dieu me répondait, une voix intérieure m'a calmement expliqué : « Tu remplis ton devoir. » « Encore ? » « Oui, encore, et ce n'est pas la dernière fois. Ta dette durera encore longtemps. » « Toujours ? » « Non, ne crains rien. Seulement tant que tu t'en souviendras. »

J'aurais souhaité tout oublier, mais plus je m'y efforçais, plus vive ressurgissait devant mes yeux l'image de ce soir d'automne pluvieux, les éclats de verre pareils à des vers luisants sur l'asphalte invisible de la cour et le faisceau d'une lampe, œil jaune examinant avec curiosité le corps allongé.

J'ai fini par sortir le cognac du frigo, j'en ai versé un peu dans ma tasse et je l'ai avalé comme un médicament.

L'horloge ronde de la cuisine a fini par marquer dix heures.

J'avais à nouveau faim après le cognac et je me suis refait deux sandwichs.

Pendant que je mangeais, prêtant l'oreille à ma mastication, j'ai oublié le bébé et Marina. À un moment, il m'a semblé entendre des pleurs, je me suis figé, l'ouïe aux aguets. Rien. Ce n'était qu'un bruit ponctuel ou peut-être un produit de mon imagination. Je suis resté à la cuisine, comme si c'était le seul endroit dans cet appartement où je pouvais me sentir en sécurité. J'ai bu encore un peu de cognac et, oublieux de tout, j'ai entrepris de discuter avec moi-même sur le sens du mot devoir. Le débat, passablement confus, a duré assez longtemps. Il ressemblait d'ailleurs plutôt à un marmonnement intérieur d'ivrogne.

J'étais totalement plongé dans mes pensées lorsque j'ai entendu le bruit de la porte d'entrée. J'ai sursauté. Marina est entrée dans la cuisine, le visage inquiet.

– Pour l'amour de Dieu, je vous supplie de me pardonner ! Je n'ai pas pu me libérer plus tôt.

Étrangement, je ne ressentais aucune irritation à son égard. Je me suis levé, et mon regard s'est machinalement dirigé vers l'horloge.

Minuit et demie !

– Il n'a rien voulu manger..., ai-je dit, rien du tout... Je m'en vais.

J'ai de nouveau regardé l'horloge, cette fois avec un sentiment d'incrédulité, espérant qu'elle avançait.

– Vous avez dû lui faire peur. Je n'y avais pas pensé. Il n'a encore jamais vu personne à part moi... Comment allez-vous rentrer aussi tard ? Moi, je suis revenue en taxi, après avoir perdu une demi-heure à attendre l'autobus... J'étais frigorifiée.

« Et alors, je ne vais tout de même pas rester ici ? » ai-je pensé en me dirigeant vers le portemanteau.

En sortant, j'ai encore entendu plusieurs « Merci » et « Pardonnez-moi » contrits.

Dehors, il faisait froid et désert. Je marchais le long de la chaussée, levant la main avec espoir à chaque voiture qui passait, mais aucune ne s'arrêtait.

Lorsque je suis arrivé chez moi, il était deux heures du matin.

Lena dormait. En me couchant, je l'ai entendue marmonner d'une voix ensommeillée :

– Oh là là, comme tu es froid !

29

Je me suis réveillé tard, aux environs de onze heures.

Prêtant oreille au silence qui régnait dans l'appartement, j'ai compris que j'étais seul. C'était le début d'une nouvelle pause dans mes relations avec Lena. Combien durerait-elle ? Une semaine, ou davantage ?

Cette fois, sa visite avait été de courte durée : quatre jours seulement, au point que je me demandais si mon retour tardif n'y était pas pour quelque chose. Elle était partie sans même attendre mon réveil. M'en vouloir d'avoir manqué notre dîner de frites aurait été puéril, surtout qu'elle savait où je me trouvais et ce que je faisais. Mais après tout, elle n'était encore qu'une enfant, avec toutes les charmantes gamineries de rigueur. C'est d'ailleurs ce qui me plaisait en elle.

J'ai pris la bouilloire encore chaude et j'ai inspecté la surface de la table : rien.

Ce qui n'aurait pas dû me surprendre. Je connaissais déjà assez bien le caractère de Lena. Il était stupide de croire qu'elle allait m'écrire un mot, a fortiori une lettre : elle était totalement dépourvue du romantisme et du sentimentalisme nécessaires.

La fermeté, la témérité et la passion, voilà les traits qui la caractérisaient. Un jour, elle deviendrait peut-être l'épouse idéale d'un homme sans volonté. Qu'elle garderait uniquement pour conserver un foyer où revenir après de brèves et folles aventures. Pour l'heure... Pour l'heure, je me retrouvais seul une nouvelle fois, en proie à l'attente, totalement dépendant de son planning mystérieux. Cependant, ce matin-là, je ne me suis pas senti peiné outre mesure de sa disparition. J'étais encore rempli d'elle, de ses baisers, de ses étreintes. Une certaine satiété m'apaisait.

J'ai décidé de vivre cette journée très lentement, sans sortir. Pour commencer, j'ai rempli la baignoire d'eau chaude et j'ai mis la bouilloire sur le feu.

Quelques jours ont passé, et j'ai remarqué avec joie que la solitude me pesait moins qu'avant. Non, ma vie n'était pas devenue plus variée. Je continuais d'attendre les événements sans rien faire. Mais je ne ressentais aucune irritation à cause de mon isolement et de mon inactivité. Un soir, en prenant le thé à la cuisine, je me suis dit que dans un sens, j'étais moi aussi devenu un chien de Pavlov. Et c'est Lena qui jouait le rôle du savant, m'ayant peu à peu dressé à attendre ses coups de fil. Peut-être était-ce involontaire de sa part. Mais nos relations présentaient un caractère qu'on pouvait qualifier d'expérimental. Je pensais souvent avec déplaisir à l'étrange « planning » de nos rencontres. Qu'est-ce qui remplissait sa vie quand elle n'était pas avec moi ? Le Krechtchatik ? Je n'y croyais guère. Ça ne lui prenait sans doute qu'une heure, deux au maximum. D'ailleurs, par ce froid, elle n'y allait probablement pas. Qu'arriverait-il au printemps, avec le dégel de la vie nocturne? Combien de temps me consacrerait-elle alors? Je préférais ne pas y songer et méditer plutôt mon idée précédente. Le chien de Pavlov ne demandait jamais à manger. Il se contentait d'attendre qu'une lampe s'allume. Mon signal était différent: la sonnerie du téléphone. Le rapprochement m'a paru drôle. Mais après tout, les relations homme-femme ressemblent toujours à un test de laboratoire, dont le plus important est la vie de famille.

30

Le lendemain, le téléphone a brisé mon silence.

Il neigeait à nouveau.

L'horloge marquait midi quinze.

J'étais assis dans un fauteuil et je lisais la correspondance de Maïakovski avec Lili Brik. J'y cherchais amour et romantisme, n'y trouvant que bouffonneries.

Le téléphone m'a fait sursauter. À ce moment précis, ma façon d'envisager la solitude avait subi une totale métamorphose, et la solitude elle-même s'était presque transformée en isolement volontaire.

Sans quitter mon livre des yeux, j'ai pris le combiné.

– Allô, c'est Tolia ? a demandé une voix que j'ai reconnue.

– Oui.

– C'est Marina, la femme de Kostia... Je voulais encore m'excuser pour l'autre soir. Vous êtes bien rentré ?

– Oui, sans trop de problèmes.

– Tant mieux ! J'étais tellement gênée. Vous savez, je me sens affreusement coupable... Dites-moi, vous avez un peu de temps ce soir ?

Je me suis crispé, m'attendant à une nouvelle demande. Pourvu qu'il ne s'agisse pas encore de garder le bébé !

– Euh, oui…

– Venez donc dîner… Vers sept heures.

J'ai poussé un soupir de soulagement.

– Merci, je viendrai.

Cette conversation m'avait distrait des amours de Maïakovski et de Lili Brik. J'ai jeté le livre sur le divan et je suis allé à la cuisine me préparer un café.

Un café bien fort, sucré de neige qui tombe en diagonale derrière la fenêtre. La biologie et la géométrie de la vie, séparées par une vitre transparente. Deux espaces, dont l'un est clos et transformé en monde à part, coupé de la nature. Pas spirituel, mais purement physique. Mon habitat, tout simplement. C'est moi qui décide quand et quelle quantité d'air frais j'y laisserai entrer, qui prolonge la durée du jour grâce à l'éclairage électrique ou qui l'abrège en tirant les rideaux. Pouvoir de ma volonté sur cet espace clos, source d'une joie éphémère, d'un sentiment fugitif de profonde satisfaction. Pouvoir de ma langue sur la tasse de café dont l'amertume pousse ma main à prendre serviablement une cuillère de sucre, tandis que mes yeux exercent attentivement leur surveillance : une demi-cuillère suffira peut-être ? Un jeu inconscient accompagne chaque geste, chaque désir. Désir qui est déjà par lui-même une manifestation du pouvoir. Source de bien des expressions : « Ce que femme veut, Dieu le veut »,

« Le client a toujours raison », etc. Le monde est bâti sur des désirs dont l'un des plus importants est de se soumettre à quelqu'un. Je crois savoir d'où cela vient. Tout a commencé avec les femmes…

La mienne était partie parce que j'avais refusé d'être sa chose. Me soumettre à sa volonté ne me procurait aucune joie, et finalement elle s'était dégoté quelqu'un dont la docilité avait rétabli l'harmonie dans son existence. J'étais content pour elle. Et pour moi, de ma libération. Cependant, homme doux par nature, je souffrais de ma solitude et de l'absence d'une compagne à qui je pourrais me soumettre sans en être conscient. Ainsi le peuple russe a-t-il toujours souffert de l'absence d'un bon tsar. J'imaginais cette femme, douce, tendre et suffisamment intelligente pour faire en sorte que ma soumission à ses désirs me soit source de joie et de volupté.

Mais finalement, ma solitude avait perdu de sa densité, se transformant en retraite quasi monastique, propice à la réflexion et au perfectionnement de soi. Il est vrai que je n'avais pas la moindre intention de me perfectionner par moi-même, je faisais partie de ceux qui préfèrent attendre les leçons de la vie. Mais j'aimais réfléchir.

Il neigeait toujours.

Je buvais mon café et je continuais à raisonner sur la nature des désirs, me réjouissant de mes conclusions inattendues comme si elles avaient prouvé la subtilité de mon intelligence.

31

Le soir, je me suis rendu chez Marina. Mon humeur était au beau fixe. Roulant dans un tramway à moitié vide, j'observais la ville hivernale, une ville où j'aurais certainement choisi de naître une seconde fois, sans crainte de répéter les erreurs de ma vie présente. Je me sentais l'âme légère. L'air même qui m'entourait semblait annonciateur de joie, comme si ce tram m'avait emporté en direction d'un grand carnaval des rues ou au moins d'une fête populaire.

La fin de l'année approchait, et cette invitation à dîner m'apparaissait comme le début des festivités, une sorte de préréveillon.

« Ça serait bien de venir avec des fleurs », me suis-je dit, sachant parfaitement que je n'avais aucune chance d'en acheter sur mon chemin.

Marina m'a accueilli avec le sourire. Des pantoufles m'attendaient déjà sous le portemanteau.

La table était dressée dans la première pièce. Rien qui puisse évoquer un dîner romantique. Pas la moindre bougie. Il y avait du saucisson et du fromage coupés en tranches en guise d'entrée. Le plat principal était au chaud dans la cuisine, mais le vin était déjà là, attendant que je le débouche.

J'ai remarqué l'absence du lit d'enfant. Quand Marina est sortie, j'ai jeté un œil dans la chambre : elle y avait transféré le bébé.

L'idée saugrenue m'a traversé l'esprit que j'étais l'invité de Kostia et non de Marina. Qu'il avait été retenu et que nous avions décidé de ne pas l'attendre. Impulsivement, un sentiment de culpabilité a surgi en moi. Et une pensée y a aussitôt fait écho : « Comment oses-tu venir dans ce foyer que tu as détruit ? » Cette question ne m'a pas effrayé : mon psychisme était désormais immunisé. Après tout, je remplissais mon devoir.

Marina est revenue avec un grand plat de croquettes de viande aux pommes de terre.

– Oh, j'ai oublié le pain.

– Je vais le couper, ai-je dit en la suivant à la cuisine.

Elle m'a donné un tire-bouchon, j'ai débouché la bouteille et rempli les verres. Nous nous sommes mis à table. J'ai pris mon verre, éprouvant aussitôt un sentiment de confusion. La situation réclamait un toast, mais prononcer un toast dans cet appartement m'a paru soudain aussi déplacé que plaisanter à un enterrement. Mon regard a de nouveau parcouru les murs à la recherche d'un indice de deuil, un ruban noir, une photo… Je me souvenais en avoir déjà cherché une en vain. La sensation que Kostia était vivant, qu'il allait bientôt revenir m'a reprise. Ce n'est pas pour rien que Marina continuait à se présenter comme la femme de Kostia et non sa veuve. J'étais là, le verre levé, ma main tremblait et Marina me regardait bizarrement. Elle a fini par dire :

– Eh bien, à la nouvelle année qui approche !

J'ai accueilli son toast avec joie et nous avons trinqué ; le tintement du cristal a animé le silence de l'appartement, calmant ma nervosité.

– Je mets de la musique ? a proposé Marina quand j'ai posé mon verre.

J'ai fait oui de la tête et elle est allée chercher sa radiocassette dans la chambre. Elle a mis du jazz léger.

– Vous aimez ? a-t-elle demandé avec un regard interrogateur, soucieuse de me plaire.

– Oui.

Je sentais qu'elle avait envie de parler, mais je n'arrivais pas à engager la conversation. Cependant, manger en silence n'était guère plaisant, cela évoquait trop un repas de funérailles. J'ai à nouveau rempli mon verre : la manière la plus facile de combler une pause.

– Pour que toutes les mauvaises choses restent dans cette année et que toutes les bonnes choses se retrouvent l'année prochaine ! ai-je souhaité, me disant aussitôt qu'on pouvait interpréter mon toast de différentes manières.

Marina a bu une gorgée de vin.

– Fasse le ciel que je ne vive plus jamais une année comme celle-là…, a-t-elle soupiré, sans cesser de sourire.

– Moi aussi, j'ai hâte que cette année s'achève, ai-je avoué. C'est la plus mauvaise année de ma vie.

Je me suis interrompu. J'ai regardé Marina, craignant qu'elle ne me pose des questions.

Elle se contentait de sourire, un peu ailleurs. Son sourire était doux et fatigué, et j'ai pensé que c'était le genre de sourire qui s'accordait le mieux à son visage.

– Ces derniers temps, je me suis accoutumée au silence, a-t-elle déclaré, mais au début, j'ai cru devenir folle. Pendant une semaine, le téléphone n'a pas arrêté de sonner, les gens me demandaient ce qui était arrivé, ils voulaient une confirmation au sujet de Kostia. Puis d'un seul coup, plus rien. Le silence. Je crois qu'il m'a rendue plus sage. J'ai longtemps pleuré, puis j'ai compris que ce n'était pas moi qui étais morte, que j'étais toujours en vie. J'ai rangé tout ce qui rappelait le deuil, toutes les photos... Quand quelqu'un s'en va, il vaut mieux qu'il parte pour de bon. Les morts doivent se montrer cléments à l'égard des vivants. Ils ne doivent pas se rappeler constamment à eux. Pardonnez-moi si je parle de Kostia de cette manière... Vous le connaissiez... On peut se tutoyer ?

– Oui, bien sûr.

– Verse-m'en encore, a demandé Marina.

Aussitôt, elle s'est remise à parler, sans même regarder son verre nouvellement rempli.

– Vois-tu, j'ai l'impression d'être seule depuis très longtemps... Kostia... Il n'arrêtait pas de disparaître, il était constamment en voyages d'affaires, tantôt en Crimée, tantôt à Moscou. Il avait l'intention de s'inscrire l'an prochain à l'université, en faculté de droit. Il m'affirmait qu'il s'était arrangé et que les examens d'entrée seraient une pure formalité. Il m'avait promis de laisser totalement tomber son commerce et d'être davantage à la maison, de s'occuper de Micha... Il avait économisé assez d'argent pour vivre plusieurs années...

« Quel commerce ? » ai-je pensé, pour comprendre aussitôt que Marina ignorait tout des activités réelles de son mari. Ce qui était parfaitement naturel. Elle connaissait un aspect de Kostia, tandis que j'étais tombé sur l'autre, en résultat de quoi, les deux aspects et Kostia lui-même avaient disparu.

– ... maintenant, il n'est plus là, et moi, il faut que je continue de vivre, il faut que j'élève Micha...

Elle a enfin remarqué son verre.

– Je ne te connaissais pas avant, et d'ailleurs, Kostia ne me parlait pas de ses amis. Ils ne venaient jamais ici... Il ne voulait pas... C'est peut-être pour ça que je te raconte tout ça si facilement... Pardonne-moi... Bon, et si on buvait pour être heureux l'année prochaine ?

Le tintement du cristal a fait dissonance avec le jazz.

La bouteille était presque vide.

« Il est temps que je rentre », me suis-je dit.

Soudain, le bébé s'est mis à pleurer dans la chambre et Marina s'est levée.

– Je vais lui donner à manger et je reviens.

Je suis resté seul. Je me suis levé à mon tour pour me dégourdir les jambes. J'ai fait le tour de la table et je me suis rapproché du téléviseur ; sur la surface polie, mon « Bonsoir » était toujours là. Une nouvelle couche de poussière avait recouvert les lettres, mais elles étaient encore lisibles. J'ai rafraîchi l'inscription du bout du doigt.

Lorsque Marina est revenue, j'ai essayé de prendre congé, sans succès.

– Et le gâteau ? J'ai passé la moitié de l'après-midi à la cuisine.

Je me suis rendu immédiatement et j'ai regagné ma place. Pour accompagner le gâteau, Marina a apporté du thé et de la liqueur, servie dans de petits verres.

Je suis parti vers minuit. Elle m'a embrassé sur la joue et m'a demandé de l'appeler. Lorsque je lui ai dit que je n'avais pas son numéro, elle l'a noté sur un petit calendrier.

Une fois rentré, j'ai remarqué que c'était un calendrier de l'année à venir.

32

L'année s'achevait, accompagnée de neige intermittente.

Quelques jours plus tard, Marina a appelé pour me demander mon adresse. Elle m'a dit qu'elle voulait m'envoyer une carte de vœux. Je la lui ai dictée. Puis des soupçons se sont emparés de moi. Et si elle s'apprêtait à venir à l'improviste, pour me faire une surprise ?

J'ai inspecté mon intérieur et j'ai compris qu'il était temps d'y mettre un peu d'ordre et de ramasser les journaux, revues et affaires diverses qui traînaient un peu partout. Machinalement, j'ai commencé à ranger et, au bout d'une heure ou deux, mon appartement est devenu tout à fait présentable ; j'ai même fait la poussière.

Je me demandais si elle viendrait, et quand.

Pourvu que sa visite ne coïncide pas avec celle de Lena. Sinon, celle-ci risquait de se faire des idées fausses… Bien que… après tout… La vie est une recherche permanente, présente sans doute dans chacune de nos actions.

Mais un jour est passé, puis un autre. Au troisième jour, une lettre est arrivée.

Cher Tolia,

Je te remercie d'avoir accepté mon invitation. Notre dîner m'a beaucoup plu, il avait quelque chose de chaleureux. Il y avait longtemps que je n'avais pas cuisiné pour quelqu'un, et cuisiner pour soi-même n'est pas intéressant.

Ce serait bien si nous pouvions nous revoir et passer un autre moment ensemble. J'imagine que tu n'as pas beaucoup de temps libre et que ce ne sont pas les amis qui te manquent, je me suis cependant décidée à t'écrire cette lettre pour t'inviter à passer le Nouvel An chez moi. Tu comprendras qu'en ce moment, je préfère éviter les assemblées nombreuses et bruyantes. Avec toi, je me sens bien, tu es si gentil et attentionné. Bien sûr, ce n'est pas grave si tu as d'autres projets. De toute façon, appelle-moi.

Marina

Après avoir lu sa lettre, je me suis rendu compte que je n'avais pas encore pensé à la manière dont j'allais fêter le Nouvel An. Sans doute espérais-je une douce soirée à deux avec Lena. Je ne lui en avais pas parlé. J'aurais dû. Mais elle ne m'avait pas appelé depuis une semaine. Ce qui me donnait d'ailleurs bon espoir d'entendre bientôt sa voix à l'autre bout du fil, à moins bien sûr que son planning n'ait subi quelque bouleversement radical.

J'ai mis la cassette de Corelli, porteuse d'une atmosphère printanière. J'ai aussitôt eu l'impression que l'année était déjà achevée, emportant toutes les mauvaises choses dans son sillage. Que ma vie repartait sur de nouvelles bases, que j'allais tout recommencer à zéro. Que les gens allaient tous devenir bons et souriants. Que tout serait auréolé de romantisme dans un monde idéal et naïf. Et moi, je vivrais dans ce monde nouveau, lui correspondant en tout point. Un gentil censeur invisible bifferait ce que mon passé contenait de superflu, toutes les pages noires ou grises et je deviendrais semblable aux héros positifs de la littérature soviétique. Héroïsme et pathos patriotique en moins.

J'ai relu la lettre avec le sentiment que c'était plus qu'une simple invitation à réveillonner. Elle manifestait sa bonne disposition à mon égard, ce qui m'était agréable. « Gentil et attentionné » : j'étais flatté, et j'ai adressé à Marina une pensée reconnaissante.

« Un autre viendra prendre sa place. » L'écho ironique de la voix de Dima a résonné dans ma conscience.

« Et alors ? ai-je répliqué. J'ai déjà mis plusieurs fois ses pantoufles, et il ne s'est rien passé. Elles me vont d'ailleurs très bien… Toutes les places libres finissent fatalement par être occupées, pourquoi le cas présent ferait-il exception à la règle ? »

33

Il restait une semaine jusqu'au Nouvel An. La ville prenait déjà des airs de fête, comme pour distraire ses habitants de leur pénible quotidien. Les enfants faisaient des batailles de boules de neige. La radio diffusait des communiqués du gouvernement promettant solennellement de limiter la « libéralisation » des prix du pain et du lait.

Lena s'est enfin manifestée. Avec une bouteille de champagne et une boîte nouée d'un ruban rouge.

– C'est ton cadeau.

Je l'ai embrassée.

– Merci. Je peux l'ouvrir maintenant ou j'attends la nuit du Nouvel An ?

– Comme tu veux.

– À propos du Nouvel An…

– On en parlera demain, a-t-elle tranché.

Au dîner, lorsque j'ai proposé de boire à l'an nouveau, j'ai bien senti que nous ne le fêterions pas ensemble. Mais je n'ai rien dit. J'ai décidé de repousser toute tristesse et de profiter au maximum de cette soirée.

J'en ai profité.

Nous nous sommes endormis au matin pour nous réveiller vers midi.

Je suis allé à la cuisine préparer du café.

– Alors, pour le Nouvel An? ai-je demandé, à nouveau réfugié sous la couverture, en m'inclinant pour prendre ma tasse de café posée par terre.

Lena a soupiré.

– Je ne pourrai pas. On m'a engagée pour un petit décaméron de banquiers... Tu comprends... Il faut que je pense à l'avenir... J'économise pour m'acheter un studio.

J'ai hoché la tête. Le mot «décaméron» m'a fait sourire. Décidément, il est très important de savoir choisir ses mots. «Un décaméron de banquiers», ça faisait presque penser à une soirée littéraire avec la participation de jeunes (?) banquiers. Quelle charmante idée!

Le problème du choix ne se posait plus.

Avant de me quitter jusqu'à l'année suivante, Lena m'a tout de même demandé d'ouvrir mon cadeau. Il contenait un tas de chaussettes multicolores.

– De quoi te durer toute l'année, a-t-elle commenté avec le sourire. La prochaine fois, je jetterai tes vieilles chaussettes trouées par la fenêtre!

Resté seul, j'ai téléphoné à Marina. Je l'ai remerciée pour son invitation, et j'ai dit que je viendrais. J'ai perçu de la joie dans son souffle.

Restait à lui acheter un présent.

J'y ai consacré la journée suivante. J'ai erré de boutique en grand magasin, observant ce qu'achetaient les autres hommes.

Le pressentiment d'une vie nouvelle, calme et stable, s'était emparé de moi. Le pressentiment du foyer auquel j'avais toujours rêvé.

J'ignorais encore que trois mois plus tard le petit Micha prononcerait son premier mot. Assis sur mes genoux, il dirait : « Papa ! » Et les autres mots qu'il dirait par la suite n'auraient pas la même importance. Mon vieux copain de classe Dima ferait sa réapparition et m'aiderait à placer judicieusement les douze mille dollars d'économies du défunt Kostia. Et Marina et moi mènerions une vie bourgeoise, heureuse et tranquille, rencontrant de nouveaux amis et évitant les anciens.

Je donnerais les clés de mon studio à Lena et, de temps à autre, nous bavarderions au téléphone.

Ma vie s'organiserait et je serais définitivement vaincu par elle.

Épilogue

Quelques jours après avoir fêté le Nouvel An, quand, sur l'insistance de Marina, j'ai transporté mes affaires chez elle, une carte est arrivée, réclamant le paiement urgent d'une boîte postale. Le tampon indiquait qu'elle provenait de la poste numéro vingt-cinq. J'ai sursauté. C'est là que je m'étais rendu pour déposer ma photo et mes « tuyaux ». J'avais laissé dans mon studio un paquet contenant divers objets trouvés dans les poches de Kostia. La clé de la boîte devait y être. Je me suis habillé prestement pour faire un saut chez moi. J'ai effectivement trouvé la clé et je me suis rendu à la poste.

La boîte trois cent trente et un contenait une enveloppe au nom de Kostia. Je l'ai fourrée dans ma poche, puis je suis allé régler un an d'avance pour la boîte. J'ai marché jusqu'à l'église et j'ai pris la descente Saint-André. La neige crissait sous mes pas. Je suis arrivé sans me presser au café de la Bratskaïa où, attablé dans mon coin préféré devant un double espresso, j'ai ouvert l'enveloppe. Elle renfermait la photographie d'un homme d'environ cinquante ans à la coupe de cheveux soignée, en costume cravate. Le genre de photo qui convient à un passeport.

Au verso une inscription: « 10.01, restaurant Spadchtchina 18 h 00 ».

Le dix janvier, je me suis rendu sur le Podol. Un étrange sentiment s'était emparé de moi. J'essayais d'imaginer Kostia à ma place sans y parvenir. Tout s'était brouillé dans ma tête. En fait, c'est moi qui me trouvais désormais à sa place, qui portais ses pantoufles et qui achetais des pots pour bébé à l'intention de son fils… Tout avait été chamboulé en trois mois. Mais ce jour semblait ressusciter un passé récent, et je me remettais à douter: et si Kostia était en vie? Un homme est vivant tant qu'il reste quelqu'un qui ignore sa mort. Celui qui avait déposé l'enveloppe était dans ce cas. Et voilà que je me dirigeais vers le restaurant où le meurtre était censé se produire et où il n'aurait jamais lieu, suite au décès du tueur. La situation avait quelque chose de théâtral. J'avais envie de voir l'homme qui ne serait pas tué ce jour-là et qui était certainement à mille lieues de soupçonner la chaîne d'événements qui lui vaudrait d'avoir la vie sauve. Évidemment, dès le lendemain, il serait peut-être tué ailleurs par quelqu'un d'autre.

Je suis arrivé dans ce charmant petit restaurant vers cinq heures et demie. Il venait seulement de rouvrir après la pause; le serveur ne s'attendait visiblement pas à accueillir un client aussi tôt.

L'homme de la photo est arrivé vingt minutes après moi. Le serveur l'a installé à une table près de la petite estrade.

Une vraie pièce pour deux acteurs et un figurant qui était aussi le seul spectateur. Une mise en scène digne d'un spectacle d'avant-garde.

J'observais attentivement l'homme dont la photo se trouvait dans ma poche, ses mains tremblantes qui tenaient le menu. Était-il au courant du danger qui le menaçait?

Il avait remarqué mes regards et me jetait des coups d'œil de temps à autre. J'essayais de distinguer son expression, mais l'éclairage multicolore de la salle m'empêchait de bien voir.

Les boissons et les entrées sont arrivées. J'ai pris mon verre de vin rouge et l'ai porté à mes lèvres. Ma perception de la réalité a changé: ce n'était plus du théâtre, c'était du cinéma.

Le serveur a apporté à l'homme une petite carafe de vodka, il a rempli son verre et a reculé cérémonieusement d'un pas, attendant que le client manifeste son approbation d'un signe de tête avant de s'éloigner. Ce signe de tête était empreint d'une longue habitude de commander. L'homme m'a regardé une nouvelle fois avec une expression que j'ai interprétée comme du dédain ou une indifférence ostensible. Puis, sans me quitter des yeux, il s'est levé de table, a fait deux pas de côté, s'est arrêté brusquement, la main crispée au niveau du cœur et les yeux levés vers le plafond bas avant de s'écrouler. Le serveur a surgi en entendant le bruit de sa chute et m'a regardé d'un air interrogatif.

– Une ambulance, ai-je crié, appelez une ambulance!

Le serveur s'est précipité dans la pièce annexe pour revenir aussitôt.

– L'ambulance arrive! a-t-il annoncé en se penchant sur l'homme.

Je me suis approché à mon tour.

– Il est mort..., a prononcé le serveur à voix basse, comme s'il refusait d'y croire.

Il s'est tourné vers moi avant d'ajouter :

– Une crise cardiaque.

J'ai pris ma veste sur le portemanteau et je suis rapidement sorti du restaurant.

Il faisait sombre ; dans le noir, la neige continuait de tomber.

Je me hâtais en direction du métro, la clé de la boîte postale serrée dans mon poing et, me sentant dans la peau d'un meurtrier, je n'éprouvais aucune peur.

Andreï Kourkov naît en 1961 près de Leningrad (Saint-Pétersbourg) dans une famille communiste. Il vit depuis son enfance à Kiev. À dix ans, il possède « la septième collection de cactus d'Ukraine » dont il aime égrener les noms latins ; c'est le début d'une passion pour les langues étrangères (il en parle une dizaine, dont le français et le japonais). À l'heure du service militaire, le voilà gardien de prison à Odessa où il préfère écrire des contes pour enfants plutôt que de rédiger des rapports officiels. Son premier roman, qu'il commence par vendre à la sauvette sur un bout de trottoir à Kiev, est publié deux semaines avant la chute de l'Union soviétique. Avec *Le Pingouin*, il rencontre un immense succès en France et à l'international. Suivront une quinzaine de romans, tous écrits en russe, mêlant absurde, humour et tendresse où percent les espoirs et les dérives de la société postsoviétique. Il est également l'auteur de nombreux scénarios et films documentaires. Traduite en trente-six langues, son œuvre est publiée en France par les éditions Liana Levi.

Troisième réimpression

Achevé d'imprimer sur Roto-Page en février 2025
par l'Imprimerie Floch à Mayenne
N° d'impression : 106485
Dépôt légal : avril 2012

Imprimé en France